DEIXE O QUARTO COMO ESTÁ

AMILCAR BETTEGA

Deixe o quarto como está
ou Estudos para a composição do cansaço

Contos

3ª *reimpressão*

Companhia Das Letras

Copyright © 2002 by Amilcar Bettega Barbosa

Grafia atualizada segundo o Acordo Ortográfico da Língua Portuguesa de 1990, que entrou em vigor no Brasil em 2009.

Capa
Alceu Chiesorin Nunes

Foto de capa
German Lorca

Revisão
Maysa Monção
Cláudia Cantarin

Atualização ortográfica
Valquíria Della Pozza

Dados Internacionais de Catalogação na Publicação (CIP)
(Câmara Brasileira do Livro, SP, Brasil)

Barbosa, Amilcar Bettega
　　Deixe o quarto como está ou estudos para a composição do cansaço : contos / Amilcar Bettega Barbosa. — 1ª ed. — São Paulo : Companhia das Letras, 2020.

　　ISBN 978-65-5921-000-8

　　1. Contos brasileiros I. Título. II. Título: estudos para a composição do cansaço : contos.

20-49834　　　　　　　　　　　　　　　　　　　　　　　CDD-B869.3

Índice para catálogo sistemático:
1. Contos : Literatura brasileira　　　B869.3

Cibele Maria Dias — Bibliotecária — CRB-8/9427

Todos os direitos desta edição reservados à
EDITORA SCHWARCZ S.A.
Rua Bandeira Paulista, 702, cj. 32
04532-002 — São Paulo — SP
Telefone: (11) 3707-3500
www.companhiadasletras.com.br
www.blogdacompanhia.com.br
facebook.com/companhiadasletras
instagram.com/companhiadasletras
twitter.com/cialetras

A Marly, mãe.

Deixe o quarto como está. Agora, está tudo pronto. Estamos prontos. Quer ir?
　　　　　　Raymond Carver, *Três rosas amarelas*

Sumário

Autorretrato, 11
Exílio, 19
Aprendizado, 27
Insistência, 41
Hereditário, 47
O crocodilo I, 51
A cura, 59
O crocodilo II, 67
O rosto, 71
A visita, 81
O encontro, 91
Correria, 101
Espera, 105
Para salvar Beth, 111

Autorretrato

O centro, o início de tudo, é esta casa grande e um tanto sinistra, as janelas sempre fechadas, muitas árvores altas ao redor (talvez paineiras, com certeza um salso-chorão). As paredes sujas, entre cinza e marrom. Não dá para dizer que é, ou foi, uma casa rica. Uma casa grande, apenas. O que mais? Claro, a perspectiva, a vista sempre de cima. A fachada (o pouco que aparece dela, em função do ângulo) e o telhado (também muito sujo, musgo nas telhas) meio que misturados num difícil e nada explícito primeiro plano. Depois, a entrevisão dos fundos da casa, já não sendo possível distinguir-se entre o que ainda é a casa e o que já são as árvores do pátio e as suas sombras. E um detalhe inútil: uma parreira de folhas estorricadas, como extensão do que talvez fosse a cozinha. É mais ou menos isso.

A gorda vem só depois, vem da casa, como uma parte que se desgrudasse do resto. É bem mais do que isso, talvez seja mais do que a própria casa, e até pode ser tudo (é bem provável que seja tudo), mas vem da casa, entendem? A casa é o início, a gorda a sequência.

É uma gorda imensa, de braços muito brancos e que parecem ter, na altura da axila, o diâmetro de uma melancia. As coxas devem ser horrivelmente maiores e mais feias (repletas de varizes, daria até para apostar), mas estão cobertas por um vestido que vai até o meio das canelas. Um vestido indecente. Ainda que desça quase até os pés, o vestido é indecente, talvez porque deixe à mostra aqueles braços asquerosos. Está deitada. Ou antes, esparramada sobre uma cama de armar. Ela, a gorda, está no jardim, alguns metros à frente da casa.

A figura do homem é mais difícil de entender. Fica misturado à sombra de uma árvore, como quem vigia alguma coisa à distância. Somente com esforço é que será possível distingui-lo da parede escura ao fundo e da sombra da árvore. É preciso forçar a vista ou mesmo usar a imaginação. Aí ele surge, decidido e austero. Cego? Num sentido figurado, sim. Prontidão, é essa a palavra. Aquele homem está ali de prontidão, como um cão selvagem preso a uma correia. Calça botas, e parece orgulhoso delas. Decididamente, está a serviço da gorda. É inferior a ela, não resta dúvida, a sua cegueira mostra isso. A impressão é de que está à espera de uma ordem da gorda, e que até anseia por isso. Cego, completamente cego, e sinto que não consigo dizer mais nada sobre ele.

Este é o centro, agora mais completo: a vista de cima, a casa (sombria) com seu telhado sujo e paredes idem; depois a gorda no jardim (a grama é de um verde muito musgo e irreal), escarrapachada na cama, e o homem à sombra da árvore como um cão vigia. Ainda como parte do conjunto (todo ele demasiado escuro, num tom de verde puxando para o preto), vai aparecer o muro. Difícil precisar a altura, por causa da perspectiva aérea, mas grosso e cinza, fechando um terreno bastante extenso que se perde na zona escura do fundo.

Só então os meninos. E isso já é do lado de fora. São dois e estão na calçada, rentes ao muro, no trecho frontal deste mas próximos à esquina. Estão separados por alguns metros, e um deles parece estar de cócoras. Idade? Talvez dez anos, ou menos. Mulatinhos e esmirrados, uns pivetinhos. É isso.

O primeiro movimento é o dos garotos. E os dois quase ao mesmo tempo, como se despertados por um sopro, uma espécie de "já", "ação", ou qualquer coisa do tipo. No lado de dentro do muro tudo continua estático, a não ser uma brisa preguiçosa que começa a mexer, muito lentamente, as folhas das árvores. Mas a gorda e o homem permanecem exatamente na mesma posição. São duas pedras. Com peso de pedra, com frio de pedra, a espalhar um olhar mineral sobre tudo.

Os meninos se aproximam um do outro, conversam alguma coisa (todo o som é deduzido, óbvio). Caminham e param repetidas vezes, sempre rentes ao muro. Volta e meia um deles gesticula, apontando o topo do muro.

Lá dentro, apenas as folhas das árvores mexendo-se quase imperceptivelmente.

É fácil perceber o que os safadinhos tramam. Antes mesmo de um deles fazer escadinha para o outro, já dá para entender o que eles querem. O que subiu agora puxa o outro pelo braço, e logo os dois estão sobre o muro, olhando lá para dentro. Têm movimentos de gato, é quase desnecessário dizer, são silenciosos e ágeis, e deslizam sobre o topo do muro como uma corrente elétrica percorrendo um fio de cobre.

Lá dentro, a gorda sob o sol e o homem à sombra são apenas duas estátuas.

Os garotos estão excitados, é visível isso, seus movimentos são rápidos e em tempos: avançam, param, estudam, avançam... Na verdade, mais parece um avanço muito vagaroso e gradual, só que visto como num filme em rotação acelerada. Avançam, param, avançam... Até que descobrem o lugar ideal para descer, onde o galho de uma árvore ultrapassa o muro por cima. Um lugar de sombras, claro, onde eles ficam ainda mais sorrateiros.

Lá dentro — pasmem —, tudo ainda impassível. E o sopro sereno e contínuo do vento parece contribuir para a imobilidade do conjunto. Só as folhas mal e mal se movem. Com um pouco de imaginação se escutaria o som da aragem cruzando entre as folhas das árvores.

Não é possível precisar o local e o momento em que os pilantrinhas descem. Eles se misturam às sombras e só se mostram outra vez já dentro do pátio. Seguem seu avanço segmentado, nesse movimento que têm os ratos e as baratas, buscando o escuro, os anteparos. Esquivam-se, ariscos e sinuosos, atrás dos troncos das árvores. A cena é muda, claro, mas mesmo se houvesse som seria dificílimo ouvi-lo. Apenas sussurram. Às vezes nem isso, entendendo-se por gestos e olhares. E já conseguiram avançar um bom trecho em direção à casa.

O que é angustiante, o que chega a ser inadmissível, é a imobilidade de que tudo na casa está tomado. Os safados cada vez mais perto de uma das janelas, que deve ser a da sala, e tudo continua imóvel. A gorda e seu cão vigia na penumbra são ainda duas figuras petrificadas. É de assustar, a facilidade que os garotos têm. Agora eles espiam pelas janelas. Correm, agachados, até outra janela. Forçam-na. Tentam outra. E mais outra, e assim vão procurando a melhor maneira de entrar, alguma folha mal fechada ou mesmo uma dobradiça com o pino fácil de soltar.

E a gorda escarrapachada! E seu dobermann de duas patas misturado à sombra da árvore! Os fedelhos já conseguiram abrir a janela! Não é possível que ninguém faça nada, que aquele imbecil continue como uma múmia à sombra da árvore.

Será que ninguém percebe o que está acontecendo?

Lá está o primeiro pivetinho já dependurado no parapeito da janela, as perninhas finas balançando para dar o último impulso. E aqueles dois... Fica até difícil continuar.

A esperança é a gorda. Se alguma coisa acontecer, virá da gorda. Sim, a gorda, finalmente! Finalmente ela lança um olhar na direção do homem. Ela lançou seu olhar. Foi rapidíssimo, menos de décimos de segundo, e já voltou à sua passividade de estátua. Mas não importa, foi apenas o suficiente para deflagrar toda a ferocidade contida no seu homem-cão. Foi como se ele recebesse um laçaço, ou a descarga de um raio, e, antes de o primeiro garoto conseguir pular para o lado de dentro da casa, ele, o homem-dobermann, já está (que movimento impressionante) com os dois delinquentezinhos presos pelo cogote, um em cada mão.

E é também impressionante a facilidade com que ele os carrega, pelo cogote, um em cada mão. Dizer que dá uma espécie de alívio é quase ridículo, diante da incrível facilidade com que o homem os pegou. As pernas magras que balançavam à beira da janela agora se agitam no ar, em pura aflição. E o homem os traz para perto da gorda. Não muito perto, na verdade ele só os traz para a grama à frente da casa, sob o sol. O homem olha com insistência para a gorda, segurando os pivetes, que continuam esperneando como duas lebres ainda não abatidas mas que já pressentem o fim. É evidente que ele quer um olhar dela, apenas um olhar de aprovação. É só o que ele precisa, está escrito no seu jeito, na forma rude de segurar os dois sacaninhas pelo cogote. Mas a gorda o despreza. Ela o despreza profundamente, e já mostra outra vez aquele ar de quem está alheio e superior a tudo, não tem mais jeito. Escarrapachada sobre a cama ao sol, não demonstra o mínimo interesse no que o homem conseguiu apanhar. Não é com ela.

E ele, resignado, mas sem demonstrar nenhum tipo de mágoa, vira de costas para a gorda, abre os braços ao máximo de sua envergadura e os fecha bruscamente, chocando as cabeças dos garotos uma contra a outra. Duas vezes, com a violência digna de sua severidade. Depois solta os meninos, que dão três ou quatro passos cambaleantes e desabam no chão. O homem senta-se na grama, os joelhos abraçados e um ar que se poderia chamar quase de paternal. Como quem vela um doente, ele aguarda com paciência e zelo os garotos voltarem a si. Quando eles tornam a se mexer, o homem se levanta, estende-lhes as duas mãos e os põe em pé. Faz-lhes um afago na cabeça — cada um deles tem um enorme inchaço na testa. O homem leva os dois meninos pela mão até onde a gorda está deitada. E é apenas nesse instante, quando os garotos estão mesmo na frente dela, que se dá uma alteração muito sutil na sua posição de estátua. Sem mexer o resto do corpo, a gorda espicha o braço, assume um ar compungido, e roça os nós dos dedos sob o queixo de cada um dos garotos, lentamente. Há alguma coisa no rosto dela difícil de identificar, mas que bem pode ser uma lágrima. O gesto cessa, e ela se põe outra vez estática. O olhar do homem é tomado por uma expressão de abandono. Mas ele logo se recompõe e, de mãos dadas com os garotos, leva-os até o portão. Tira alguma coisa do bolso, balas, chocolates, talvez umas moedas. Os meninos sorriem e vão-se embora.

 O homem volta ao seu posto à sombra da árvore, e depois se mete mais ao fundo ainda, junto ao muro, onde é praticamente impossível visualizá-lo. Não demora a regressar com um saco de areia nos braços, deposita-o sob a árvore e põe-se a socá-lo com uma fúria espantosa. Vai desaguando uma violência silenciosa, mecânica. Seus punhos não parecem sentir o impacto sobre o saco, sobre o pano áspero do saco que, após algum tempo de sucessivas e insistentes pancadas, começa a se romper. O homem-cão está de joelhos e bate. Segue batendo e batendo e só interrompe sua operação para secar o suor que insiste em lhe pingar nos olhos. Às vezes ainda lança o olhar para a gorda. Mas ela não toma conhecimento. Ela é outra coisa. Ela, já está há muito na sua velha posição de estátua. Aliás, o conjunto todo vai adquirindo outra vez aquele ar de imobilidade. Até mesmo a brisa nas folhas das árvores vai cessando, tudo vai retomando seu frio imobilismo.

E nessa perspectiva de cima, é a tal casa grande e sombria e seu telhado sujo de musgo; a gorda esparramada sob o sol, as árvores, o terreno, o muro. Tudo estático, tudo impressionantemente impassível. A não ser o homem, o homem-cão, ao pé da árvore. E aquele seu movimento de erguer e baixar o braço. Nenhum outro movimento a não ser o do braço do homem que se ergue e baixa com feroz regularidade, o braço que sobe e desce e torna a subir e descer num ritmo constante e que, mesmo não havendo som, nos obriga a ouvir essa coisa que bate, e bate, e bate, bate, bate, bate.

Exílio

"Vou fechar a loja e ir embora da cidade." Quantas vezes esse pensamento já havia me rondado! Não que eu não gostasse da cidade, mas a loja ali não se sustentava. Chega a ser estranho eu dizer isso, porque nunca estive com a loja em outro lugar. E olha que já não sou nenhuma criança! Ou seja, bem ou mal, até hoje a loja se manteve aberta, embora só eu saiba a que custo.

Nunca houve uma grande frequência à loja, o que eu encaro como uma coisa normal. As pessoas podem muito bem viver a normalidade de suas vidas sem precisar vir à loja. Até é bem possível que hoje essa frequência seja a mesma de quando a abri, e no fundo seja eu que, tentando achar desculpas para fechá-la, venha a falar dessa questão agora. Mas ninguém pode negar que uma loja precisa de fregueses. Não só para adquirir seus produtos, mas também, e principalmente, para arejá-la. Uma loja como a minha, assim tão voltada para dentro, acaba criando dentro de si uma atmosfera perigosa. Claro que o calor que faz nesta cidade também ajuda a aumentar a sensação de sufocamento. Deixa a gente meio atado. Às vezes me parece que o ar de dentro da loja vem endurecendo, tornando-se uma espécie de gel que vai tomando conta do interior da loja, o que evidentemente dificulta os movimentos aqui dentro. Toda manhã, quando abro a loja, me ponho atrás do balcão à espera dos fregueses. Por volta do meio--dia, quando vou até a porta para esticar as pernas, já sinto o ar gelatinoso me complicando os passos. É evidente que o calor tem alguma culpa nisso, só pode. E uma das coisas de que não abrirei mão quando me mudar é que a nova cidade não seja tão quente. Até instalei um ventilador no teto para movimentar um pouco o ar, mas o pé-direito é muito alto e o ventilador fica longe demais. Aqui embaixo quase não sinto seu efeito, ouço apenas o barulho das pás remanchando lá em cima. Isso sim é reconfortante, dá a sensação de que a loja não está tão vazia. Mas aí vem o problema do consumo de energia, que aumentou bastante e agora me obriga a deixar o ventilador desligado durante a maior parte do tempo. Se a loja não tem fregueses, se não consegue comercializar seu produto, se minha receita é insignificante, tenho de diminuir ao máximo os custos — isso é básico e está em todos os manuais de economia comercial. Nem mesmo a luz eu acendo mais, resigno-me a algumas horas de penumbra no início da manhã, mas não acendo a luz. À tarde não há problema, porque o sol cai justo em frente da loja e entra forte pela porta e as duas janelas, que mantenho sempre escancaradas. É aí que fica mais visível essa forma plácida e gelatinosa do ar. O interior da loja se torna amarelado e o ar fica grosso, com aspecto de coisa velha. Por vezes tenho de me encolher atrás do balcão para me defender do sol, que vem direto nos meus olhos. Ele vem opaco, filtrado pela densidade do ar da loja, mas bate forte nos meus olhos. Encolho-me atrás do balcão e só deixo meu refúgio às seis horas, pontualmente às seis horas, para fechar a loja e descansar após o dia de trabalho.

No início eu fechava a loja também ao meio-dia, atravessava a praça em frente e ia almoçar num hotel que ficava do outro lado. Depois o hotel fechou e resolvi almoçar na loja mesmo, mantendo-a aberta o dia inteiro e, portanto, mais adaptada ao estilo da vida moderna. Almoçava atrás do balcão e no canto mais escuro, apressadamente, para, entrando um cliente, estar pronto para atendê-lo, e de preferência sem resíduos de alimentos acavalados sobre a junção dos dentes. Inclusive eu pedia à menina que me preparava os pratos para que não os fizesse com feijão, justamente para evitar problemas desse tipo.

Nunca veio ninguém à loja durante o horário de almoço.

Mas o pior mesmo era depois do almoço. Com o calor e a digestão, ainda que eu me limitasse a uma refeição frugalíssima, sentia-me demasiado sonolento e era obrigado a descansar atrás do balcão. Dormia, ou semidormia, num estado de alerta permanente. Às vezes acordava assustado com o alvoroço das crianças invadindo a loja, num brinquedo que até hoje continuo sem entender direito. Elas costumam vir num bando de seis, sete fedelhinhos, como se todos fossem uma só onda de som e movimento. Gritam muito e se puxam e riem, parecendo estar sempre, cada um deles, tentando agarrar o outro, como numa brincadeira de pega-pega jogada num espaço muito pequeno — justo aquele espaço ocupado pela onda que se desloca por toda a cidade e que, de vez em quando, entra na loja. Com o tempo comecei a apurar o ouvido e, logo ao perceber o som das crianças se aproximando desde o início da rua, posicionava-me atrás da porta e ficava pronto para expulsá-las assim que apontassem. Eu batia os pés no chão e soltava uns gritos de "pega", como quem escorraça os cães. Numa dessas vezes fui até a calçada atrás delas e fiquei surpreso ao ver, enquanto dobravam a esquina, que, pelo menos daquela vez, tratava-se mesmo de um bando de cães em algazarra. São todos muito parecidos.

Mas se falo isso dos cachorros e das crianças não é porque não goste deles. Pelo contrário, admiro-lhes especialmente essa capacidade de estarem sempre muito ativos. Mas é que aqui na loja eu preciso é de gente que venha em busca do produto, não de crianças ou cães. As prateleiras que ocupam todas as paredes da loja estão cheias, e sei que meu produto é muito bom. Não nego que a absoluta ausência de freguesia às vezes enche a minha cabeça de dúvidas. Reconheço também que a aparência da loja precisava ser modernizada — o ambiente escuro e nada vistoso não é grande atrativo para os clientes e acaba escondendo ainda mais o produto nas prateleiras. Mas sei, sim, que meu produto é de qualidade. O problema é que não existem mais clientes nesta cidade. Às vezes até chego a desconfiar de que ela, a cidade, está desaparecendo. É como se uma grande borracha estivesse fazendo esse trabalho de apagar a cidade, principalmente as pessoas, os clientes, deixando-a cada vez mais parecida com uma cidade-fantasma. Nos momentos em que me canso de esperar os fregueses atrás do balcão, vou até a janela e fico horas ali, olhando o vazio. Horas e horas sem que passe ninguém na rua ou mesmo na praça em frente. E o silêncio, de um peso que se reforça com o calor, aplasta-se sobre a cidade como uma grande massa sólida de nada — um silêncio sólido e branco, da cor do nada. Somente algumas fachadas sombrias e caladas, que parecem me observar. Nos últimos tempos, o silêncio só é cortado quando o bando de cachorros desce a rua naquele alvoroço que nunca se sabe se é de briga ou de brincadeira. Eles passam enlouquecidos, sonoros, e logo somem no fim da rua — e cai outra vez o silêncio sobre a cidade. Quando o turbilhão de latidos ameaça entrar na loja, bato com força os pés no chão e os atiço para longe, o que não deixa de ser divertido. Às vezes um deles se desgarra do bando e entra na loja, rodopiando meio perdido e sem saber para onde correr, se batendo contra os balcões e prateleiras até achar a porta outra vez e sair. E eu fico olhando, encantado, as ondulações produzidas pela passagem repentina daquele movimento por dentro da loja, os redemoinhos que se formam no ar amarelo e gelatinoso, como nuvens revoltas na premência de um temporal.

Mas deve ter sido a menina da comida quem andou falando por aí sobre o fechamento da loja. Sei que não fez por mal, e talvez tenha sido apenas uma tentativa desesperada de não perder sua fonte de renda. Eu lhe havia dito que não precisaria mais me trazer o almoço e tive de explicar as razões. Só pode ser por causa disso que, de repente, algumas pessoas começaram a vir até aqui, depois de tanto tempo. Algumas chegam silenciosas, com ar extremamente respeitoso, e olham muito para as prateleiras. Disfarçadamente, também olham para mim, atrás do balcão. Parecem muito admiradas, mas quando tento me aproximar elas vão embora, sabe-se lá pensando o quê. Outras têm certo ar de fastio, um ar até um pouco blasé, e são rápidas na visita, deixando-me a impressão de que são clientes incapazes de surpreenderem-se. Já viram tudo o que existe em todas as lojas do mundo, já conhecem tudo, e talvez por isso trazem aquele ar tão triste. Entram e saem deixando transparecer um sentimento de obrigação em suas visitas. Alguns trazem crachá no peito, mas nunca consegui ler o que está escrito.

Ainda ontem veio um casal particularmente interessante: ele muito gordo e de aspecto cansado, ela jovem e falante. Eu estava terminando meu almoço atrás do balcão e me deixei ficar ali, observando os dois através de uma fresta na madeira e escutando o que diziam. Ela apanhava os produtos, manuseava-os e mostrava-os ao gordo, que mantinha as mãos nos bolsos e até dava um passo atrás quando ela se aproximava com o produto. "Não existe nada parecido com isto aqui na cidade", ela dizia, e empurrava o produto no peito do gordo, que fazia uma cara de nojo e se afastava. "Na sua posição, o senhor precisa conhecer isto", ela insistia, dando a impressão de estar muito irritada. O gordo, enfastiado, olhava para a porta. Então ela se voltou para a mercadoria que tinha na mão, examinando-a por todos os lados. Até fez menção de dizer alguma coisa ao gordo, mas desistiu ao ver que ele estava quase na porta da loja, com ar de impaciência. Sempre com o produto na mão, ela foi até o gordo, trocaram algumas palavras que não pude ouvir e logo estavam de braços dados e sorrindo. Ao cruzarem a porta, ela jogou a mercadoria para dentro da bolsa. Eu ainda poderia alcançá-los e cobrar o que ela estava levando, mas achei que se fizesse isso ela me devolveria o produto e eu teria de trazê-lo de volta para dentro da loja.

E afinal já estava tudo decidido. Nem que de uma hora para outra minha loja se enchesse de clientes. Nem que a loja se transformasse na que mais vende em todo o mundo. No outro dia a menina já não me traria o almoço. A verdade é que eu me sentia muito, mas muito cansado. Deixei tudo como estava e fechei a loja às seis em ponto.

Deixei a cidade de noite, porque é de noite que se deve deixar uma cidade. E a deixei de trem, porque também é essa a melhor forma de fazê-lo.

Quando o trem começou a se movimentar, fui tomado por uma grande sensação de alívio e alegria, já imaginando como seria meu negócio na nova cidade. Era uma nova vida que se abria à frente daqueles trilhos que se enterravam na escuridão da noite. Recostei a cabeça no espaldar da poltrona e fiquei olhando a cidade passar pela minha janela, sentindo — por meio do movimento da paisagem de luzes lá fora — o trem rasgando a cidade. As luzes se desgarravam na esteira da paisagem que o trem ia deixando. Cheguei mesmo a imaginar que elas se desfaziam no ar como bolhas logo após a passagem do trem. Eu grudava o rosto no vidro e girava todo o meu corpo para tentar ver as bolhas de luzes se dissolvendo no ar e deixando apenas a escuridão absoluta da noite atrás de mim.

Acho que foi pensando nessas bolhas de luz estourando e se desfazendo em fagulhas que adormeci. Acordei logo em seguida, e na minha janela ainda cruzava a cidade. O trem custava a se desvencilhar daquela paisagem pálida de ruas e casas e luzes vazias. Dormi e acordei de novo, várias vezes, e o trem ainda atravessava a cidade. Só naquele momento pude perceber a extensão da cidade que eu deixava. Sempre vazia, escura, com suas luzes ralas se evaporando na esteira do trem, mas sempre à minha janela. A cidade não acabava.

Virei para o outro lado, mas não consegui mais dormir. E, após um tempo muito grande me segurando para não olhar pela janela, não aguentei e colei o rosto no vidro outra vez. E, na visão embaçada pela minha respiração contra o vidro, lá estava ela, lá estava a cidade ainda, as fachadas secas das casas, as luzes frias da rua, passando, passando. Olhei outra vez para as luzes espoucando à passagem do trem e minha mente foi inundada pela lembrança daquele bando de crianças e de cães varrendo a cidade e minha loja com sua onda de algazarra. Fechei os olhos e eles engoliram alguma coisa.

Não foi uma desistência. Tampouco resignação. Apenas compreendi que a melhor coisa que tinha a fazer era descer na estação seguinte. Foi o que fiz. E atravessei os trilhos para o outro lado, ignorando a passarela que unia as duas plataformas. Subi no primeiro trem que passou no sentido oposto, de volta à cidade.

Não fazia a mínima ideia de que horas eram, mas a noite estava gorda e sem estrelas. Eu ainda tinha muita noite pela frente, numa longa viagem, mas era quase certo que estaria de volta a tempo de abrir a loja pela manhã.

Aprendizado

Ela está se penteando, sentada em frente ao espelho ela está se penteando, e suas costas são as mais belas costas que já vi, longilíneas, demarcadas pelo hábito da ginástica, ela está só de calcinha penteando os cabelos que dão na altura dos ombros, é a mulher mais gostosa que já peguei nos últimos anos e acaba de me dizer que vou ser despedido amanhã.

Ela desvia os olhos do reflexo do seu corpo e, ainda pelo espelho, me observa encostado na cabeceira da cama, parece que espera uma resposta minha. Fico apreciando a musculatura das suas costas, nem muita nem pouca, perfeita, parece uma égua de corrida (falta só o suor brilhando), e lhe digo que minha mãe está quase morrendo.

Ela continua a pentear o cabelo. Sei que nunca mais vou vê-la assim, de costas e só de calcinha, a bunda esparramada na banqueta, as coxas firmes e compridas, meio abertas. E dizer que há pouco possuí essa mulher, que gozei dentro dela. Na verdade não foi bem isso, eu apenas ejaculei nela, me aliviei, assim como quem mija. Ela sim, até que se esforçou e conseguiu um orgasmo frio, com gritinhos de cachorro com fome, acho que fazia tempo que não transava.

Você vai preparado para a imobiliária, ela diz, o Vanderlei falou que resolve tudo amanhã.

Ela é a única funcionária que chama o dono da imobiliária direto pelo nome, sem o seu ou o doutor. Secretária dele. Daquelas que sabem tudo o que o cara faz ou deixa de fazer. Deve ser a comidinha dele também. Pois ontem ele, o seu Vanderlei, veio com uma conversa de que me faltava poder de decisão, de que ele estava se envolvendo demais com as reformas e vistorias em vez de ficar mais liberado para outros negócios. Eu até concordei, disse hã-hã. Depois fui tomar um cafezinho, li uma revista no banheiro e nem me lembrei mais daquilo, não percebi que o cara já estava me chutando. Acho que não vou trabalhar amanhã, na verdade eu precisava era levar a minha mãe a um hospital.

Quanto custa uma diária de hospital?, eu pergunto.

Depende do hospital e do que se vai fazer lá, ela diz, finalmente terminando de se pentear e vestindo a blusa. Ela vem até a cama e me beija, e no seu gesto noto que sente pena de mim. Não consigo saber se isso me agrada ou não.

Gasto os últimos trocados pagando a conta do motel, se é que dá para chamar de motel um quartinho fedendo a mofo e com a janela prum paredão de edifício. Tomamos um ônibus, saltamos numa parada em frente a um trailer e ela compra dois cheesebúrgueres: um de salada e um de bacon.

É a minha janta e a da minha filha, que adora cheesebúrguer de bacon, ela diz, e, antes que comece a falar da filhinha, do ex-marido que era um sacana, bêbado, vagabundo, mas fodia ela como ninguém jamais fodeu, antes que ela repita toda a ladainha, eu digo que estou com sono e preciso ver minha mãe, e que talvez não vá na imobiliária amanhã.

Eu nunca tenho sono. Para falar a verdade, nunca durmo, é como se o meu dia (ou a minha noite) não tivesse fim. Uma vida contínua, permanentemente acordado, embora as coisas passem por mim como num sonho, como se um filme infinito estivesse sempre acontecendo à minha volta, um filme do qual sou ao mesmo tempo personagem e espectador. Quando ando na rua de noite, como agora, não penso em nada, sou apenas parte da paisagem da rua, como se numa fotografia de uma rua de noite eu fosse alguém fotografado caminhando nessa rua de noite. Me deixo, apenas sigo o trajeto das calçadas, dobro nas esquinas mais simpáticas, atravesso os cruzamentos até reparar em algum detalhe da rua que me remeta a uma imagem familiar, um poste de luz, a fachada de um prédio ou uma porta de ferro, então eu sei que é por esta porta de ferro sujo e vidro quebrado que tenho de passar e caminhar pelo corredor sem iluminação até umas escadas estreitas e subir três lances contados a partir da fraquíssima claridade que entra por um basculante a cada patamar, menos no último, que dá direto nessa outra porta cuja maçaneta tenho de achar, primeiro no tato para, depois sim, deslizar a chave por cima do dedo até o buraco da fechadura e abrir.

 Fecho a porta e vou à geladeira em busca de qualquer coisa para tapear o estômago, mas não há nada além de uma sopa aguada e sem cor, que deve ser a comida da minha mãe. Sento à mesa da cozinha e fico juntando uns farelinhos de pão sobre a toalha, com a ponta do dedo umedecida na língua. A toalha já está quase limpa quando entra meu pai e diz que a velha piorou, ele tem os olhos inchados e pelo jeito andou chorando. Bem que ele podia fazer um café agora.

 Você não quer fazer um café?, eu pergunto.

 A gente precisava era levar ela no postão, ele diz, e começa a me ajudar nos farelinhos, só que sem molhar a ponta do dedo. Com o dedo seco é mais difícil, é necessário formar um montinho razoável para poder pinçar os farelinhos unindo o indicador e o polegar, em compensação a quantidade que se leva à boca é maior e mais apetitosa. Mas eu vou pelo mais fácil, lambo bem o dedo e grudo os farelos com a maior facilidade, sempre fui pelo mais fácil.

Você não faria um café agora?, eu pergunto.

Depois que ela morrer, quem é que vai cortar as minhas unhas?, ele pergunta, acho que por estar olhando para os dedos enquanto prossegue no serviço de juntar os farelinhos de pão.

Meu pai é um homem velho, sempre foi velho, todo enrugado, a coluna curva, não me lembro dele de outro jeito. Ele não consegue formar um montinho razoável porque suas mãos tremem, umas mãos inchadas e escuras, de uma pele grossa como de elefante. As mãos tremem assim por causa da bebida. Meu pai foi um cara que bebeu muito na vida dele, acho que começou bebendo normal, mas depois passou a enxugar mesmo, a qualquer hora e em qualquer lugar, bebia até álcool de farmácia quando acabava a grana — tinha uma sede que não terminava, o meu pai. Até que minha mãe ficou de saco cheio e encomendou um trabalho num terreiro de umbanda. Gastou uma nota preta, mas o velho deixou. O que não deve ter sido fácil. Teve um dia, logo depois de ter deixado, que ele tomou um porre de água. Foi muito engraçado. Ele tinha comprado uma garrafa de cachaça e a escondeu na gaveta da cômoda, mas minha mãe descobriu logo, botou fora a cachaça e encheu a garrafa com água. Minha mãe e eu nos divertimos bastante naquele dia. Ele ia a toda hora lá no quarto, disfarçando, e tomava um gole de água. Nós só nos olhávamos e ríamos. Ele foi ficando mais bêbado a cada ida. Voltava cambaleando, derrubando as coisas, até que caiu estatelado no chão. Dormiu um dia inteiro. Ali no chão mesmo, que era para aprender a não ser fraco, dissera a minha mãe. Depois, quando a gente contou tudo, ele gostou da ideia e tentou se embebedar com água da torneira, só que aí não deu mais certo.

Acho que ela tá sentindo bastante dor, ele diz.

Ficamos os dois catando os farelinhos e ouvindo os gemidos da velha lá no quarto.

Você sabe qual é o tempo de trabalho que a gente precisa ter pra ganhar o seguro-desemprego?, eu pergunto.

Não sei, ele responde, nunca aprendi direito isso.

Vou ser despedido amanhã.

É, talvez não tenha tempo mesmo.

Será que a mãe não sabe?

Porra. Acho que ela nem pensa mais.

Caía bem um café agora.

Vamos levar ela num postão?

Você sabe onde tem um?

Não.

Vou dar uma volta, eu digo, e me levanto deixando um pouco de farelinho de pão para o velho.

Faz uma noite fria e úmida, gostosa de andar, já está ficando tarde e as ruas vão esvaziando, abrindo espaço para quem anda só por andar. Talvez eu passe no Bar do Jones.

O Bar do Jones não fecha nunca, os caras ficam aqui dia e noite jogando snooker, ou olhando os outros jogar, ou bebendo, ou simplesmente ficam por aqui. É um pessoal que não consegue ficar em casa. Tem gente que fica mais tempo no bar do que em casa, e tem uns, como o Caçarola, que nunca mais voltaram para casa. O Caçarola era desse tipo que só ia para casa de madrugada, quando todo mundo estava dormindo, e saía no outro dia cedinho, dizendo ir ao trabalho. Trabalho coisa nenhuma, ele vinha era para o Bar do Jones e ficava até a madruga. Uma vez, nem na madruga ele foi embora. Ficou e está aqui até hoje. Para a família, o Caçarola está morto, ele não existe, no entanto o cara vive aqui, jogando o seu snooker, vive nisso, vive a vida dele. Um dia eu também aprendo a jogar snooker.

Procuro pelo Binho e me dizem que ele ainda não esteve no bar hoje. O Darci se aproxima e me pergunta quando vou pagar os cinquenta mangos que lhe devo, eu digo que o Binho vai me emprestar, que em seguida o Binho chega e me empresta. Mas o Darci não quer saber, me puxa para o corredor dos banheiros e me dá uns empurrões que é para eu aprender a não ficar devendo para os outros. Ele me espreme contra uma pilha de engradados, põe a mão no meu pescoço, me forçando a cabeça para trás, eu vejo uma caixa balançando lá no topo da pilha e fico torcendo para que ela não caia em cima de mim.

Dessa vez eu vou te dar só uma, ele diz, me despacha um murro na boca e vai embora. Aproveito que estou perto do banheiro e vou lavar a boca. Sinto o lábio inchado mas não tem espelho para ver como ficou, faço um bochecho e quando cuspo a água avermelhada ouço o barulho do meu dente batendo na pia, um dente que andava frouxo havia muito tempo e que agora se foi de vez. É dos de cima, quase na frente, daqueles que ficam na curva da dentadura, me dá curiosidade de ver como fiquei sem o dente. Mas não tem espelho no banheiro.

Quando volto para o salão do snooker o Binho já está lá, está comendo um bauru e olhando os caras jogarem. O Binho trabalha há vinte e dois anos numa farmácia veterinária perto do hipódromo e manja muito de remédios. Eu chego nele e falo que minha mãe está passando mal.

Que que fizeram com o teu dente?, ele pergunta, meio rindo.

Respondo que quebrei comendo um pé de moleque. Ele continua rindo mas não diz nada. Gosto do Binho por causa disso, se fosse qualquer outro neste bar já ficaria me enchendo o saco dizendo que foi o Darci que me aplicou uma lição.

Me empresta cinquenta pratas, Binho?

Não.

Se a gente sai do emprego com menos de um mês, a gente ganha seguro-desemprego?

Tu quer este resto de bauru?

Quero. Se a gente sai do emprego com menos de um mês, a gente ganha o seguro-desemprego, Binho?

Não sei, nunca saí da veterinária. (O Binho não fala farmácia, diz veterinária.)

A minha mãe tá precisando de remédio, será que dava pra gente pegar um na farmácia?

Que remédio?

Não sei, mas lá deve ter algum que sirva.

Peço ao Jones um saco plástico para colocar o lanche que o Binho me deu e saímos. Vamos a pé, é longe mas o Binho também gosta de caminhar de noite, vamos em silêncio, pelas ruas menores, onde quase não passa carro. A noite é muda, mas se a gente prestar atenção dá para ouvir um rumor constante, uma espécie de ruído de fundo, é o barulho da cidade dormindo. O Binho também gosta de ouvir o barulho da cidade dormindo. A gente vai caminhando e ouvindo, e esse caminhar e ouvir é como um diálogo com a cidade, como se ela nos pegasse no colo e nos envolvesse, se abrindo inteira para a gente entrar nela. As lixeiras das calçadas estão cheias, o caminhão do lixo não deve passar todos os dias por aqui. Isso é bom para os cachorros e os gatos de rua. Houve uma época em que eu saía à noite só para chutar os bichos que encontrava remexendo as lixeiras, uma espécie de hobby. Os cachorros são mais fáceis de pegar, já os gatos são muito ágeis e ariscos, mal a gente chega perto eles dão uma guinada e, se bobear, escapam pelo meio das nossas pernas. Acabei desenvolvendo uma técnica interessante de chutar, sem aquele movimento da perna para trás, a fim de pegar impulso, mas fazendo apenas o movimento do chute propriamente dito: o pé plantado no chão saindo direto para a frente, o que diminui em mais da metade o tempo gasto na operação e dificulta a fuga dos bichos. São coisas que a gente vai aprendendo com a experiência.

Na farmácia, o Binho está como em casa, liga o rádio, acende um cigarro e calça as havaianas que costuma deixar sob o balcão. Mas tudo isso depois de vestir o avental, porque o Binho não fica dentro da farmácia sem o avental. Nos folhetos de propaganda sobre o tampo de vidro eu leio que a farmácia vende produtos para todos os animais mas é especializada em remédio de cavalo. A loja fica bem em frente ao hipódromo e o Binho volta e meia ganha um troco nas apostas, quando alguém lá de dentro lhe dá uma barbada.

O Binho é um cara esperto.

O que é que ela tem?, ele pergunta, enquanto percorre com os olhos as prateleiras.

Sei lá, mas deve sentir dor pra caralho.

Este aqui vai resolver, certa vez com apenas uma dose dessas levantei uma égua quarto de milha que os caras já iam sacrificar, ele diz, mostrando as ampolas e me explicando que é preciso misturar a incolor com a leitosa, mais um pozinho branco que vem num envelope. Eu apanho o remédio, agradeço e digo que preciso voltar.

Vou ficar lendo umas bulas, diz o Binho.

De noite, o Binho quando não está no Jones está lendo bulas. Ele lê a bula de todo remédio que entra na farmácia. É um cara interessado, o Binho, o tipo do cara fodão mesmo.

Estou de novo na rua e faço um caminho diferente, agora, pelas avenidas, gosto da cor amarelada das luzes de iodo no meio da cerração que começa a aumentar a partir desta hora. Quase não consigo distinguir o grupo de pessoas à frente de um prédio grande, estão sentadas em cadeiras de praia e enroladas em cobertores. Pergunto do que se trata aquilo e fico sabendo que é uma fila. Entro na fila. Depois acabo descobrindo que é uma fila do Inamps, para pegar fichas para consultas ali mesmo no hospital.

Porra, é bem o que preciso, eu digo, mas depois tento explicar que é a minha mãe quem precisa, que ela está doente e tal, mas parece que os caras não se interessam muito.

O hospital é bonito.

Segundo disseram, faltam umas oito horas para começar a distribuição das fichas. A fila aumenta rapidamente, eu olho para o fim da quadra e me dá vontade de gozar daqueles que estão chegando agora. Consigo um cigarro com o cara da minha frente e escuto o papo do pessoal das cadeiras e dos cobertores. Discutem preços. Depois fico sabendo que são pegadores de fichas que suprem a necessidade daquelas pessoas que não podem encarar uma noite fria ao relento — essas coisas de trabalho social e tudo mais.

Um cara me observa meio de longe, chega perto, me oferece trinta reais pelo meu lugar e eu fico de pensar.

Me dá dez minutos, eu digo, e ele não responde nada, como se eu não tivesse falado nada.

Tudo bem, eu digo, trinta pilas e o lugar é teu.

Agora só pago quinze.

(Puta que pariu.) Tudo bem, eu digo.

Merda não ter aceitado antes a proposta do cara. O digital da esquina marca 4:37, 09°, 4:37, 09°, 4:38. O néon de um luminoso pinta a calçada de verde, tem dois caras estirados na calçada, um deles é maltrapilho mas o outro até que está bem-vestido, deitado com a cabeça sobre a jaqueta enrolada e abraçado ao maltrapilho. Deixo o saco com o lanche ao lado deles. O nevoeiro já está bem espesso, decido dar uma passada no Bar do Jones antes de voltar para casa. A turma continua firme no taco, eu peço para falar com o Darci e lhe mostro os quinze pilas que consegui, peço para pagar o restante amanhã, quando eu for despedido e botar a mão na rescisão.

Quanto tempo tu tinha no emprego?

Não chega a dois meses, eu minto.

Porra, isso não dá nada.

Posso ou não posso pagar o resto amanhã?, minha voz sai meio alta demais, o Darci me olha como se fosse me engolir, mas eu aguento no osso e sigo encarando ele sem dizer nada. Quase pergunto sobre o seguro-desemprego, ele tem jeito de quem deve saber.

Eu quero o dinheiro todo, ele fala espaçadamente e abrindo bem a boca direto na minha cara, o lábio chega a roçar a ponta do meu nariz, tem um bafo danado o Darci. Tu já devia ter me pagado essa merda, ele prossegue, agora tua dívida aumentou, tu já me deve setenta agora, seu corno filho da puta, tua dívida vai aumentando cada vez mais, acho que tu tá preso comigo pra sempre, seu bosta, e ele afasta o rosto do meu e me dá um soco curto no estômago. Nem me dobro que é para não demonstrar que senti o golpe. Mas doem pra burro essas batidas secas na boca do estômago.

Decido ir embora, são quase seis da manhã, escuro ainda, a cerração comendo. É uma boa pernada até em casa, meu lábio ainda está inchado mas agora percebo que desde quando o sangue estancou eu venho tocando a língua na falha do dente que se formou. Uma espécie de tique que peguei rapidamente. É bom descansar a língua nessa cova de pele macia e quente, dá uma sensação gostosa ir massageando a gengiva enquanto caminho sem pensar em nada, cortando a noite e a cerração quase que no instinto. Passo ao lado de uma lixeira grande, dessas de calçada, deve ser de um prédio de muitos apartamentos. Ouço um remexer nos sacos, um escarafunchar à procura de lixo comível, e me preparo. Pelo ruído é um gato, os cachorros são mais espalhafatosos. Movimento os dedos dentro da bota para aquecê-los, pelo jeito será um bico dos bons. Contorno a lixeira e dou de cara com um sujeito barbudo e esfarrapado, de joelhos, tentando puxar um saco bem dos de baixo. Ele me vê, para um instante, mas logo retoma sua operação de retirada do saco, com certeza detectou ali um bom lixo. Depois de algum esforço, consegue retirar o saco, um desses de supermercado, rasga-o e com as mãos leva à boca tudo o que tem lá dentro. Chego mais perto dele, dou uma olhada para os lados a fim de verificar se de fato estamos sós, porém a cerração é tão forte que praticamente nos isola num pequeno círculo onde ninguém pode nos ver. Quando estou a um passo dele, aplico um daqueles meus sem puxar a perna para trás. Acerto bem na ponta do queixo, sinto que é um dos melhores bicos dentro dessa nova técnica. O cara salta e cai de costas no meio-fio. O saco com a porcaria voa longe e me respinga um pouco na cara.

O dia já está clareando. Dói um pouquinho o lábio quando passo a mão para limpar o rosto do lixo respingado. Acomodo a língua na covinha da gengiva, verifico se a caixa do remédio ainda está no meu bolso e caminho. Quando chego à frente do meu prédio já é manhãzinha, o nevoeiro mais fechado do que nunca. Subo.

Na sala tem um pessoal que eu não via fazia muito tempo: uma irmã do meu pai, que cuida de um banheiro na rodoviária, um tio gordo e de cabelo lambido, irmão da minha mãe, e um amigo do meu pai, que vende raspadinha. Pergunto pela minha mãe, sem abrir muito a boca porque senão vão querer saber sobre a falha do dente (mas se perguntarem eu digo aquilo do pé de moleque). O tio Olavo, o do cabelo engomado, que tem um emprego na Prefeitura, vem até mim e diz que ela acabou de falecer, ele diz bem assim: sua mãe acabou de falecer e seu pai foi ver se consegue o caixão, você sabe onde tem um orelhão pra eu avisar que vou chegar mais tarde no serviço?

Eu fico olhando a cara gorda dele e achando que ele só me perguntou isso do orelhão para mostrar que tem um emprego onde deve prestar contas.

Penso um pouco mas não consigo me lembrar de algum lugar onde exista um orelhão. Fico olhando para aquela cara redonda. Já decidi que não vou na imobiliária hoje. Ninguém fala nada do meu dente. Acho que deveria oferecer um café para eles, mas não sei fazer café direito. Uma vez pedi para a mãe me ensinar a fazer um café bom como o dela mas ela não me ensinou, só me disse que não tinha muito mistério, apenas isso: não tem muito mistério, e eu continuei na mesma. Preciso saber a que horas ela morreu, para dizer lá na imobiliária. O dono da imobiliária vai ficar puto. Tomara que eles acreditem que é verdade que a minha mãe morreu. Se duvidarem, eu digo para ligarem para a Prefeitura que o meu tio confirma. Preciso anotar o ramal dele lá na Prefeitura. Continuo olhando para a cara gorda do tio Olavo e pelo jeito ele está esperando que eu ofereça um café.

Vou até a cozinha, pego a cafeteira e vou fazendo a coisa meio no instinto. A água começa a roncar e sai uma fumaça por cima. Puxo a cadeira e sento à frente da cafeteira. O líquido escuro do café começa a escorrer, vai caindo e respingando as paredes do vidro. Me aproximo mais, cruzo os braços sobre a mesa e apoio o queixo em cima, com a cara bem na frente da cafeteira. Os pingos negros batem no vidro e eu pisco os olhos a cada respingo, como se eles já viessem em mim. A cafeteira ainda ronca, sai fumaça, e vai vertendo café. Chego mais perto ainda, quase encosto a cara na cafeteira e fico olhando aquela maravilha: o café escorrendo, escuro, a respingar no vidro. O tio Olavo deve saber, eu falo, baixinho. E repito: o tio Olavo deve saber. É isso, o tio Olavo tem todo o jeito de quem sabe dessas coisas. Certa vez ouvi ele conversando com meu pai sobre isso, até fiz umas perguntas, mas acabei esquecendo. Da vez que saí daquela transportadora um advogado me explicou tudo, quando saí do açougue, também. Mas sempre acabo esquecendo. Eu devia ter anotado num papel quando o advogado me explicou.

    Tem coisas que a gente não aprende nunca.

Insistência

Os caras insistiam naquilo mas eu logo vi que não ia dar certo, tomamos um pau danado e eu bem que disse pros caras que era bobagem ficar insistindo porque todo mundo sabia que eles iam chegar azulando pra cima de nós e não deu outra, eles nem perguntaram o que a gente estava fazendo ali e já foram descendo o cacete e nos empurrando pra fora, teve um dos caras que ainda tentou argumentar, mas essa era outra grande bobagem, o que tinha de fazer era sair correndo sem olhar pra trás, como eu fiz, mas parece que isso não entrava na cabeça dos caras, que achavam que tinham o direito de ficar ali dentro e que então iam ficar, eu nunca discuti isso, o que eu dizia era que não adiantava aquela insistência porque eles não estavam nem aí pra essa coisa de direito e toda vez que nos vissem por ali eles iam nos pôr pra fora na porrada, disso eu não tinha a menor dúvida, no fundo o que eu questionava mesmo era o porquê daquela insistência se não mudava nada a gente estar dentro ou fora, até cheguei a perguntar pra um dos caras "qual é a diferença?" e o cara deu uma enrolada e se saiu com a mesma história de que era uma questão de se poder escolher entre estar aqui ou ali ou no raio que o parta e que não abria mão dessa escolha, então eu disse que tudo bem, porra, mas que devia ter algum lugar onde nos deixassem em paz, e o cara ia me retrucar qualquer coisa quando já veio de novo aquela agitação e todo mundo começou a se movimentar porque íamos entrar outra vez, por um canto que os caras achavam que estava desguarnecido.

Claro que nos tiraram na porrada de novo e parecia até que eles estavam batendo cada vez mais forte porque volta e meia ficava um dos caras estendido no chão, coisa que no início não acontecia muito, mas o mais interessante era que apesar de muitos caras não voltarem nós éramos cada vez mais numerosos, dava pra sentir pela zorra e a gritaria infernal na hora que eles chegavam pra nos tirar, eu não, eu não soltava um pio sequer, tratava de me esquivar das pauladas, dava um jeito de sempre deixar um corpo entre o meu e a pancada e me escapava quietinho, só na categoria, às vezes era o primeiro a espirrar lá fora e de longe ficava escutando aquela zoeira toda e aí eu percebia que os caras estavam mais numerosos e não entendia de onde surgia tanta gente com tanta vontade de permanecer lá dentro, eu ficava escutando a gritaria e pensando como é que os caras entravam numa fria daquelas.

Aos poucos os caras iam chegando e se reunindo e muitos vinham bem rebentados, mas ali mesmo já começavam a planejar outra entrada e aí me dei conta de que era uma bobagem maior ainda aquela coisa de tentar permanecer em bando lá dentro, e falei isso pros caras, disse que sozinho era muito mais fácil, que não adiantava ficar todo mundo junto e que o negócio era dispersar porque eles iriam se sentir menos incomodados se vissem um ou dois do que vendo aquele bando todo parado ali dentro, então os caras ficaram me olhando e eu senti que devia continuar porque meu papo estava causando efeito nos caras e disse que até já tinha experimentado ficar lá dentro sozinho, que fiquei uns bons dias por lá sem que ninguém me incomodasse e que só saí porque me deu vontade. Tudo bem, esse ponto era uma pequena mentira, porque o que havia acontecido foi que ao me verem por lá eles vieram falar comigo e disseram "você não pode ficar aqui", eu disse "tudo bem" e fui saindo, mas não houve violência nem aquela confusão toda que costumava ter quando eles vinham pra cima dos caras, eles vieram na maior educação e disseram apenas "você não pode ficar aqui" e além disso eles demoraram mais tempo do que o normal pra me identificar e eu pude ficar mais tempo lá dentro. Mas eu disse pros caras que saí quando quis e até estava disposto a me submeter a uma prova e ia propor pros caras de eu ir sozinho e tentar ficar por lá, mas aí um dos caras quebrou aquele silêncio meio embasbacado em que estavam (eu sabia que tinha deixado os caras confusos) e disse que não, o cara disse que não, que aquela hipótese era inadmissível porque a briga ali não era uma coisa individual mas que todo mundo estava empenhado naquilo e que aquilo era uma luta do grupo e que aquela insistência toda pra ter alguma validade tinha de ser exercida pelo grupo inteiro, e o cara começou a se inflamar e já não falava pra mim mas discursava aos berros pros outros, e foram surgindo outras vozes de apoio e logo estava todo mundo gritando e se agitando e pulando e dali mesmo, com mais força do que nunca, já se partiu outra vez lá pra dentro e eu fui de novo, porra, afinal eu estava ali com os caras, e continuei indo muito tempo ainda porque no fundo eu estava mesmo com os caras, mas aquela história de sempre levar porrada me deixava tão descontente que no fim das contas eu já sentia raiva dos caras e quando ia já ia me remoendo de raiva e dizendo pra mim mesmo "porra, em seguida eles vêm e nos enchem de porrada e tudo por causa desses caras", e era dito e feito, eles nos enxergavam por ali e começava a pancadaria, os caras também batiam de vez em quando, mais se defendiam do que batiam, mas quando dava uma brecha se sentava o sarrafo neles também, eu me esquivava cada vez melhor, pelo menos pra isso aquela merda toda estava servindo, eu me safava bonito e cada vez mais fácil, mas também dava os meus porque eu gambeteava cada vez mais lindo soltando os braços e as pernas pros lados e ia pegando quem estivesse por perto, e foi assim que acabei pegando o queixo de um dos caras, peguei tão de jeito que o cara caiu e eles vieram e se serviram no cara, e esse já foi um dos caras que não voltaram mais, aí um deles viu que eu é que tinha dado a paulada no cara e me falou "porra, você bate bem pra caralho", e um dos caras também tinha visto e veio e me deu uma cotovelada no pescoço, eu sabia que muitos dos caras não gostavam de mim porque eu ficava sempre contrariando e dando palpite e que na primeira oportunidade os caras viriam pra cima de mim, mas aí aquele deles que tinha gostado da minha paulada acertou o cara que me deu a cotovelada e vieram outros e pegaram de jeito os caras que se aproximavam de mim, foram afastando os caras na base do pau e eu fui junto no meio daquela zona toda e quando vi estava sentando o cacete nos caras, e os outros riam entre si e até diziam pra mim "senta o pau, senta o pau" e assim fomos tocando os caras pra fora, batendo e tocando os caras, e depois de tirar os caras pra fora eu ia com eles, os outros, tomar uns tragos pra relaxar e conversar à toa e essa era a melhor parte da coisa, quando então eu via que aquilo sim é que era vida, e comentava com eles que aquilo era mesmo uma beleza, e eles riam e concordavam dizendo que sim, que aquilo de fato é que era viver, e a gente brindava e gargalhava à solta, mas quase sempre no bom da festa começava o corre-corre outra vez e a gente tinha de deixar os copos pela metade e sair pra procurar os caras que certamente deviam estar em algum lugar ali dentro, e eu nunca entendi de onde é que vinha aquele comando pra gente sair atrás dos caras, e eu já saía contrariado por ter de deixar as bebidas nos copos, porque eu não estava nem aí se os caras ficavam ali dentro ou não, aquilo tudo era muito grande, sobrava lugar pra todos e ninguém ia se dar conta se os caras estavam por ali, e eu falava isso pra eles, mas todo mundo ia levantando e se agitando e se empurrando numa balbúrdia filha da puta, e quando eu via eu já estava batendo nos caras e tocando os caras pra fora de novo, e quanto mais rápido a gente terminava melhor era, porque aí a gente podia voltar e ficar descansando de novo sem fazer nada, mas a merda era que a folga não durava muito e logo reiniciava a agitação e lá se ia atrás dos caras outra vez, só que aí eu comecei a estrilar e numa dessas eu finquei pé e disse pra eles que eu ia ficar ali, que se eles quisessem ir que fossem mas que eu ia ficar ali, e eles se olharam meio surpresos, até que um deles disse "aqui você não pode ficar", eu já ia dizer "tudo bem" e ir embora, mas aí me deu o estalo e eu disse "como não posso ficar? Eu posso ficar onde quiser", o outro engoliu em seco e disse "pode não" e eu retruquei em cima "por que não?", ele não soube mais o que dizer e veio pra cima de mim. Mas eu nem saí do lugar, apenas ginguei na frente dele, me desviando dos golpes, no que eu era muito bom. Acho que ele se sentiu envergonhado diante dos colegas por não ter me acertado nenhum golpe e se aproximou e falou num tom de voz baixo "você tem que ir pra fora daqui, se tentar ficar não vai ter sossego". Eu fiquei olhando pra ele, não disse nada e fiquei só olhando, ele deu mais um passo e disse "é melhor você sair logo, antes que o pau coma", "vou, mas volto", eu disse, "e vai de novo", ele completou, às minhas costas, enquanto eu saía devagar e pensava cá comigo que eu era ágil e esperto, que o terreno por ali era enorme e oferecia boas condições de enganá-los, e que eu estava decidido a nunca mais ter sossego na vida. Pensei nos caras, que àquela altura deveriam estar por ali recebendo e dando pancada. Eu continuava achando tudo aquilo uma grande bobagem que não ia dar certo nunca, mas eu já tinha decidido que não ia ter mais sossego na vida, e já ouvia a gritaria dos caras por ali.

Hereditário

Meu pai morreu triste. Não posso afirmar que tenha vivido sempre assim, mas morreu muito triste. Nós o enterramos num agradável fim de tarde de primavera. Depois fui dormir.

Das poucas coisas que meu pai deixou, a mim coube uma pequena caixa recoberta por um veludo puído, dessas onde se guardavam os anéis de diamantes, pulseiras ou coisas assim. Mas na minha caixa havia uma esfera. Não era bem uma esfera, mas uma coisa meio molenga, menor do que um ovo, maleável e transparente: uma geleia. Eu resolvi chamá-la de geleia.

Logo que a segurei na mão, senti-me como se nunca tivesse estado longe dela, como se ela fosse coisa minha havia muito tempo. A geleia se deixava moldar e eu conseguia dar-lhe formas que a mim próprio surpreendiam. Sentir sua superfície delicadamente fria, sua massa cedendo à pressão dos meus dedos, era muito, muito bom. No fundo era isso: ela era dessas coisas boas de pegar.

Lembro uma vez em que meu pai tentou falar comigo a respeito daquela caixa. Ele já estava abrindo a caixa para mim, mas alguma coisa aconteceu à minha volta, acho que era um primo que chegava de viagem, e acabei não prestando atenção no que meu pai queria falar. Depois ainda o vi algumas vezes com a caixa na mão. Confesso que cheguei mesmo a fingir que não via ele cruzar acintosamente diante de mim, passando a caixa de uma para a outra mão. Era muito engraçado! Havia momentos em que ele até se tornava ridículo fazendo uns sinais com a cabeça, umas mímicas, que eu também fingia não entender, só para me divertir. Com o tempo, acho que ele desistiu. Eu também fui cuidando de outras coisas.

Agora que a recebi, não consigo me separar dela. Não, não é "força de expressão", como dizem. A geleia, de fato, não larga as minhas mãos. Tudo bem, é bom ficar experimentando sua textura nos dedos, mas, sinceramente, há momentos em que desejo me livrar dela.

Tentei sim, várias vezes. A primeira ideia foi jogá-la no rio. Trouxe-a bem fechada na mão e caminhei até o meio da ponte. Espichei o braço ao máximo e abri a mão com a palma voltada para baixo. Mas quem disse que a geleia caía? E nem adiantou sacudir a mão ou raspar com o canivete. O fogo? Também não deu resultado, o máximo que consegui foi chamuscar a ponta dos dedos. Ela continuava grudada em mim.

Não é que me incomodasse tanto a geleia sempre comigo, mas eu ficava um pouco embaraçado por causa das pessoas. Não queria que me vissem sempre com uma geleia grudada na mão. Era o caso de dar um risinho amarelo, dizer "foi meu pai que deixou pra mim", mas e depois? Teria de sair depressa para que não percebessem que eu não conseguia me desvencilhar daquilo. A coisa de fato me chateava. O resultado foi que acabei me escondendo. Escolhi um quarto que já ninguém usava, no porão (ainda vivíamos na mesma casa), e fui para lá. Ficamos muito tempo, eu e a geleia, naquele quarto. Eu passava a maior parte do tempo deitado e não nego que era até divertido ouvir as pessoas lá em cima perguntando por mim, querendo saber por onde eu andava. Foi uma época em que nossa afinidade parece ter aumentado, a minha e a da geleia. Tanto que passei a não prestar mais atenção nas vozes que vinham lá de cima. Até que chegou o dia em que eu não mais as escutava, nem se quisesse, foi quando percebi que não havia mais vozes na casa. "Sozinho, então?", me perguntei.

Foi nesse dia que resolvi mostrar a geleia para as pessoas.

Não foi fácil. Como é que eu explicaria uma situação daquelas? Cheguei a imaginar algumas histórias que nem vale a pena lembrar. Mas decidi ir em frente. Diria apenas "esta geleia, o meu pai deixou pra mim". E acrescentaria, em tom bastante natural, "ela não sai mais de mim, veja", e balançaria a mão com força para provar que estava falando a verdade.

Comecei com a primeira pessoa que cruzou comigo na rua. Perguntei se ela tinha um tempinho, sentamos num banco e comecei a explicar minha situação. Foi com surpresa que percebi que ela não via a geleia na minha mão. Não queria passar por louco, desviei o assunto, me despedi e fui embora. Tentei mais algumas vezes, até concluir que ninguém via a geleia grudada em mim. Somente eu a via. Não só via: eu sentia ela muito agarrada a mim. Claro que a situação tinha agora suas vantagens. Eu não precisava dissimular a existência da geleia diante dos outros. Mas ao mesmo tempo isso dava certa condição de irreversibilidade àquilo tudo. Não sei se me entendem, mas o fato de que ninguém mais percebia a existência da geleia em mim era o mesmo que dizer que ela jamais me deixaria.

Foi aí que comecei a pensar com mais força no meu pai. Naquelas vezes em que ele tentou chamar a minha atenção para esse assunto da geleia. Com pouca habilidade, lá isso é um fato, mas agora eu via com clareza que aquela situação o incomodava bastante. Não sei se ele tentou falar com outras pessoas, até pode ser que sim e é bem provável que também não tenham dado bola para ele. Mas comigo ele podia ter insistido mais. Hoje eu penso que ele tinha de ter insistido. Talvez ele não soubesse bem o que sentia ou talvez tivesse vergonha de me falar abertamente. No fundo, era só dizer: "sabe, é uma coisa que não sai, uma espécie de geleia", e eu entenderia. Tenho certeza de que entenderia. Talvez fosse até o caso de ele usar de alguma autoridade e dizer "escuta aqui, escuta bem o que vou te dizer".

Mas em vez disso, ele morreu. E me deixou a geleia.

Tenho pena do meu pai por ter morrido tão triste. Mas não há mais nada a fazer. Se há alguma coisa contra a qual não se pode fazer nada é a morte, não é? Eu vou vivendo. A geleia já não se gruda mais em minhas mãos ou nos braços ou no meu rosto, como no começo. Ela está em mim. Simplesmente ela está. Sinto-a quando respiro, ou falo, ou durmo. Se me incomoda? Não vou dizer que não. Tem tempos em que chega até a me doer. Uma dor morna, por dentro. Dá uma vontade horrível de fazer uma besteira, mas eu sei que ninguém ia me entender. Eu diria "é a geleia", e era bem capaz de rirem da minha cara. E eu nem poderia dizer "vejam, então, seus idiotas, aqui está ela". Aí percebo que não tenho muito a fazer e vou me acalmando. Respiro fundo, digo para mim mesmo "é a geleia", e a coisa vai passando.

O crocodilo I

O crocodilo entrou no meu quarto mansamente, com passos arrastados que deixaram a ponta do tapete virada. Ele subiu no colchão onde eu estava deitado, se aninhou junto dos meus pés e ficou me olhando.

Estou enlouquecendo, pensei, e com muito cuidado espichei a ponta do pé até a altura do que seria a barriga dele. Senti a pele grossa e levemente fria, de uma textura molhada. O crocodilo fez um movimento brusco para trás, como quem se defende de uma cócega, e me sorriu.

Numa reação automática, sorri para ele também e pensei de novo: estou enlouquecendo. Nunca tive dúvidas de que acabaria louco, mas jamais desconfiei que a loucura chegaria assim, mansamente, na forma de um crocodilo de passos cansados subindo no meu colchão. Sempre achei que não escaparia de crises histéricas, gritos lancinantes, golpes com a cabeça contra a parede e todos esses clichês que nos ajudam a fazer uma ideia e ter opinião sobre as coisas. Enlouqueceria dentro da mais pura normalidade.

Um louco padrão. Havia o calor, e nesse ponto minha ideia do que seria o processo de enlouquecer não fora traída. Tinha certeza de que jamais enlouqueceria no inverno, por exemplo. Teria de ser sob um calor sufocante como o das últimas semanas, este calor que me atira sobre o colchão e me deixa sem forças para nada que não seja olhar para o teto e sentir asco do meu corpo melado de suor.

Devia fazer uns cinco dias que eu estava deitado no colchão, com nojo de mim. Só levantava dali para ir à parede oposta à da janela e grudar as costas nela. Era a única das paredes do meu quarto que não fervia com o calor do sol lá de fora. Talvez fizesse divisa com outro apartamento, não sei, mas por alguma razão ficava mais protegida do calor, e durante a madrugada até conseguia passar certo frescor às minhas costas.

Pois quando o crocodilo entrou, eu estava olhando para o teto e pensando em me levantar e me encostar na parede. Mas aí ele veio, subiu no colchão, deitou junto dos meus pés e ficou me olhando. Seus olhos eram duas bolhas opacas e tristes e me transmitiam uma coisa boa, uma impressão que defini como mimosa. Mas não dei muita bola. Voltei a olhar para o teto como se nada tivesse acontecido, apenas adiei minha ida até a parede. E na verdade a presença do crocodilo deitado e me olhando era de todo indiferente para mim. Achei que, se o ignorasse, ele iria embora, mas nem sei se desejava isso. No fundo nem desejava nem indesejava, mas tinha certeza de que quando voltasse a olhar para os meus pés não o encontraria mais.

Olhei e lá estava ele, me olhando também, com seus olhos saltados e tristes. Ele me sorriu de novo, mas aí não respondi. Agora estou louco, pensei, não preciso mais desse crocodilo aqui, e comecei a me incomodar com a presença dele em cima do meu colchão.

O diabo é que não consigo me incomodar por muito tempo e me adapto muito facilmente às novas situações. Posso garantir que isso não se alterou com a minha loucura. Em seguida estava entretido outra vez em olhar para o teto, suar e me sentir nojento. Afinal, o crocodilo não interferia em nada. Apenas estava ali. Eu não tinha nenhuma comida em casa que ele pudesse consumir; ele não fazia nenhum ruído que me incomodasse; o colchão era suficientemente grande para que ele permanecesse deitado com conforto sem diminuir meu espaço. Fui fazendo mentalmente essas checagens e confirmando que não havia motivo para me incomodar com a presença do crocodilo no meu quarto. Mas de repente comecei a sentir mais calor do que o normal e me lembrei de que não fora me encostar na parede por causa do crocodilo. Aí eu disse "opa! Que que é isso?", me enchi de raiva e desferi um belo dum chute na barriga dele — a primeira e única vez que usei de violência contra o crocodilo.

Foi aí que ele chorou. E foi aí que notei que desde o início, mesmo quando me sorria, seus olhos esféricos e salientes represavam uma enorme quantidade de choro. E enquanto ele chorava eu sentia que me agradecia pelo pontapé que liberara sua choradeira. Disso, sim, não gostei. E só não bati de novo porque ele teria ainda mais motivos para chorar.

Levantei e fui para a parede. Só de cueca, colei as costas na parede e fiquei ali, me refrescando. Era sempre um momento de prazer. Eu fechava os olhos e até perdia a noção do tempo. Claro que não havia mais nenhum sentido naquilo, pois todo louco já perdeu por completo a noção do tempo. A parede delicadamente fria nas minhas costas já não era responsável por eu cair fora do tempo, a culpa era da loucura, o que me fez sentir ainda mais relaxado.

Por motivos óbvios, não sei quanto tempo fiquei encostado à parede, mas ao erguer os braços, que durante o relaxamento iam deslizando em direção ao meu tronco (aquela forma em cruz, com as palmas voltadas para a parede, era a que melhor refrescava), rocei a ponta dos dedos numa casca, um toco, que a princípio não identifiquei e até me assustou. Recolhi ligeiro a mão. Mas me recompus e fui espichando o braço outra vez, na tentativa de confirmar pelo tato aquilo que já calculava. Fui tocando e descobrindo aquele toquinho que terminava em dedinhos chatos e curtos revestidos por uma pele grossa, quase uma casca. Abri os olhos e ele estava ali. Estava ao meu lado, junto à parede, também com suas costas (ou lombo, ou seja lá o que for essa parte de cima do seu corpo que vai do rabo até a cabeça) pegadas à parede. Sabe-se lá com que esforço ele conseguia manter-se naquela posição, de pé, com as costas em contato com a parede. Ele se sustentava pelo rabo. Era o rabo, de músculos incrivelmente enrijecidos, que lhe servia de base. A ponta estava um pouco dobrada e era a única parte do corpo dele que tocava o piso. Aquela posição de pé e de costas para a parede que, para mim, era muito relaxante, para o crocodilo devia ser um martírio. Com a boca levemente aberta, roncando guturalmente a buscar um ar que lhe fugia, ele suava. E seus olhos fechados não significavam concentração ou algum suposto prazer que a parede fresca sobre suas costas lhe trazia, mas era a forma que ele encontrara para se defender do suor que escorria desde a ponta do bico, por entre as gretas da pele dura e enrugada.

    Num impulso, agarrei com força a mão dele, aquela mãozinha dobrada, o toquinho, pouco mais do que uma pequena saliência do seu corpo, quase um defeito. Sua atitude, seu esforço, seu sofrimento, aquilo tudo me deixou comovido, não posso negar.

    Voltei para o colchão e fiquei olhando a cruz insólita na parede: o corpo oblongo e as quatro patinhas soltas no vazio, a pele de um amarelo quase branco na barriga que se mostrava inteira (a sensação de frio e delicadeza que a pele da sua barriga transmitia estava, de certo modo, ligada àquela cor pálida).

Eu olhava para a barriga dele e percebia os flancos subindo e descendo ao ritmo do esforço. Via também o movimento da garganta, quando ele engolia em seco para logo buscar o ar outra vez, com impaciência e a boca entreaberta. Via ainda o suor escorrendo-lhe por toda a extensão da barriga e deixando sua pele mais úmida e brilhosa. Virei-me de lado no colchão, para a parede oposta à do crocodilo, e dormi.

Quando acordei, ele já estava em mim. Acho que é esse o fato. Ele veio e ficou em mim. E talvez tenha sido por isso que dormi tanto. Porque não senti calor, porque senti até certo conforto no meu sono, porque me senti bem, me senti calmo, como havia muito não me sentia. O crocodilo estava colado em mim, e a delícia e o frescor que eu experimentava vinham do contato da pele amarelo-pálido da sua barriga com as minhas costas. Havia o som da sua respiração, um ruído seco e asmático que roçava meu ouvido, mas aquilo era quase nada comparado ao prazer que me dava sua pele em contato com minhas costas. Eu não tinha certeza se ele dormia ou não. Movimentei-me devagar no colchão e levantei com cuidado. E ele veio junto — ele vinha junto, sempre agarrado às minhas costas. O peso não chegava a ser excessivo, mas suas mãozinhas feriam delicadamente os meus ombros. Andei pelo quarto para me acostumar à nova situação e percebi que, não fossem as mãos machucando meus ombros, o arranjo seria perfeito. Voltei ao colchão, para que os ombros descansassem. Dormi de novo e acordei com o interfone tocando. Deixei tocar, esperando que desistissem. Não desistiram.

— Estão chamando no interfone — eu disse.

O crocodilo deu um suspiro quase imperceptível, se desgrudou das minhas costas e foi atender.

— É pra você — ele disse, enquanto subia outra vez para o colchão e para as minhas costas.

A voz do zelador me chegou deformada pelo interfone:

— Você não pagou o aluguel de novo. Desta vez tem de ir embora. Estou pedindo com jeito, mas se for preciso subo aí e arranco você a tapa.

— Já tô descendo.

Agora que estou louco, pensei, não preciso mais de casa.

— Tem razão — disse o crocodilo.

Meu quarto tinha apenas o colchão e o tapete com a ponta virada pelo crocodilo. Limitei-me a apanhar o colchão e deixei o resto como estava. Quando abri a porta, dei de cara com o zelador. Gostei de ver a atrapalhação dele. Enquanto perguntava se eu queria ajuda para descer o colchão, mantinha um olhar embasbacado para a cabeça do crocodilo, que sobressaía à minha como se fosse um boné.

Disse-lhe que ficaria muito grato, e ele fez questão de pegar na ponta de trás do colchão, certamente para ver de outro ângulo o crocodilo agarrado em mim.

Dois eram os inconvenientes, talvez os únicos. O colchão, que pesava e era difícil de carregar, e as mãozinhas machucando meus ombros. O colchão, abandonei na rua — se um louco não precisa de casa, pensei, também não precisa de colchão. "Tem razão", ouvi o crocodilo dizer em meu ouvido. Quanto aos ombros, passei num camelô e pedi dois cintos. Amarrei um deles convencionalmente em torno da cintura, o que correspondia mais ou menos ao início do rabo do crocodilo, e o outro em torno do peito, logo abaixo das axilas, na altura daquilo que seria o segmento final do pescoço do meu crocodilo. Falei para o camelô que não podia pagar, ele relutou um pouco, mas acabou entendendo. Inclusive me ajudou a amarrar os cintos.

— Meu pai tinha um problema desses — ele disse —, só que era um macaco.

Eu não quis perguntar de que raio de macaco ele falava, mas fiquei profundamente agradecido quando senti que meus ombros já não eram castigados e que a única sensação que me restava era a de um delicioso frescor nas costas.

Antes de ir embora, vi que também o camelô tinha alguma coisa sobre as costas. Não era muito grande, porque dependendo do ângulo o volume sob a jaqueta se tornava imperceptível.

Imperceptível, apesar de eu estar vendo. Sim, alguma coisa mudava em mim.

Comecei a ver que muitos homens e mulheres que passavam apressados, metidos em seus ternos e tailleurs e carregando suas pastas ou dirigindo seus automóveis sabe-se lá para onde, muitos deles levavam às costas um gato, um cachorro, às vezes uma pomba. Por vezes só se via uma cabecinha sobressaindo-se à gola da camisa, junto à nuca. Outros deixavam escapar um rabo, uma pata. E em vários era apenas o volume sob a roupa, uma suave elevação no dorso, o que para mim já dizia tudo. Agora que fiquei louco, eu pensava, estou vendo coisas. Era então que eu me dava conta de que trazia o crocodilo nas costas, porque ele não se aguentava e emitia aquela risada rouca no meu ouvido e dizia: "tem razão". Eu não lhe dava muita bola. Aliás, além de reconhecer o bem-estar que ele me transmitia, nunca lhe dei bola.

A cura

Ainda bem que temos o doutor, esse homem que não nos abandona. A situação é difícil, mas sabemos que ele tem trabalhado. Nos dias em que nosso ânimo nos põe um pouco mais vivos é que percebemos toda a dedicação do doutor e de sua equipe. São os momentos em que a febre arrefece e, quase naturalmente, nos tornamos mais observadores, desconcentramo-nos um pouco da luta contra a doença e podemos ver melhor as coisas, o trabalho do doutor.

É mesmo admirável que ele se arrisque tanto vindo até aqui, vivendo boa parte do seu tempo neste meio infecto e desafiando o vírus com essa coragem que nos espanta. Todos nós sabemos que ele e sua equipe não precisam disso, que poderiam muito bem trabalhar em meio à segurança da cidade, nos seus gabinetes e com todos os recursos disponíveis: computadores, laboratórios, os melhores equipamentos. Mas não. Todos os dias eles vêm, mesmo sabendo que poderão, ao final da jornada, levar o vírus para o seio das suas famílias. Já refletimos muito sobre o fato de as pesquisas serem feitas aqui, com tantos riscos para eles. No início achamos que seria mais sensato recolherem amostras, talvez levarem um de nós para ser estudado em laboratórios mais apropriados, mediante as prudências da assepsia. Mas aos poucos fomos entendendo (eles nos fizeram entender) que fora daqui o vírus talvez já seja outro vírus, outra coisa.

Não sabemos, e talvez jamais saibamos, o que veio primeiro: se foi o vírus que aqui se instalou e causou toda a degradação, ou se foi a degradação, a insalubridade do nosso meio que gerou o vírus. São dúvidas que nos assaltam, mas não cabe a nós esclarecê-las. Primeiro — e isso eles nos fazem ver todos os dias — temos que nos ocupar dos nossos corpos, do pouco que ainda resta da nossa saúde.

E o que para nós talvez seja um consolo parece ser o ponto decisivo e de causa ainda não desvendada pelas pesquisas: o vírus não afeta diretamente nenhum órgão determinado, o corpo se mantém clinicamente saudável, apenas cai sobre nós o cansaço. Mas nos casos mais graves é um cansaço que aniquila, que pesa nos ossos, que imobiliza o corpo até fazê-lo desabar. A degradação das nossas casas e ruas, o lixo, toda essa coisa inóspita que nos rodeia só vem aumentando com o cansaço. Mesmo o simples movimento de erguer a mão ou de abrir a boca para dizer uma palavra torna-se uma tarefa profundamente penosa; e o que acaba acontecendo é que nos deixamos ficar, deitamos numa cama, no chão ou mesmo na rua, e nos deixamos ficar. Somos há muito uma gente cansada, que se deixa ficar. Nosso corpo, ali estirado, continua funcionando, urinamos, defecamos, transpiramos, mas se não passa alguém para nos arrastar até o hospital, permanecemos deitados até morrer de inanição. E aí entra outro dado que talvez tenha surpreendido nas pesquisas: a resistência do corpo, mesmo sem ser alimentado. Muitos de nós sobrevivem meses e meses, imóveis sobre a calçada. É um ponto a nosso favor. Enquanto os médicos não acham a cura, nós vamos resistindo.

Na última comunicação pública do doutor e sua equipe, eles anunciaram estar já comprovado que a memória é afetada, numa segunda fase, após certo estado febril e a sensação de cansaço. Discutível, pensamos no início. Mas depois aceitamos que temos nos tornado realmente muito confusos, às vezes esquecemos palavras, outras esquecemos fatos ocorridos pouquíssimo tempo antes. Sim, nossas lembranças têm se tornado pouco confiáveis, e não há nada mais inquietante do que não poder confiar nas lembranças e dispor apenas dessa memória branca e esfumaçada.

Hoje, por exemplo, há algum consenso entre nós de que já fomos um bairro da cidade, que vivíamos muito próximos deles e que muitos de nós inclusive já estiveram lá. Mas jamais conseguiremos afirmar tal coisa com plena certeza. Provas concretas não existem, embora não haja outra explicação para o fato de cada um de nós ter, dessa ou daquela forma, uma ideia bastante clara de como é a cidade. Ou será que a imagem de coisa sadia vem de um suposto tempo em que nosso território também foi sadio, antes do vírus? Será que houve um tempo antes do vírus?

Estamos morrendo mais depressa.

Daqui da janela do hospital (os doutores chamam de centro de pesquisa; começou muito pequeno, hoje é imenso) vemos os corpos sendo jogados diariamente no pátio. Antes eles eram incinerados, acreditava-se que o fogo ajudaria a eliminar o vírus, mas logo os doutores abandonaram essa prática porque era um processo muito dispendioso. Além do custo do combustível, o forno rapidamente se tornou pequeno para a quantidade de corpos. Seria preciso construir um maior, o que significava novo investimento numa obra que não daria retorno direto e substancial.

Os médicos optaram por jogar os corpos no pátio do hospital. Isso colabora para tornar nosso ambiente ainda mais nocivo, mas eles têm que se concentrar nas pesquisas, são muitos os problemas para atacar e não podemos desperdiçar o conhecimento deles. Mesmo que aumente a insalubridade, mesmo que os corpos amontoados tornem o quadro ainda mais mórbido, é preferível saber que o doutor e seus homens estão debruçados sobre o nosso problema.

Nós também nos esforçamos, apesar do cansaço. Aqui mesmo, no hospital (ainda não nos acostumamos a chamá-lo de centro de pesquisa), onde estão os infectados mais graves, é total o nosso empenho para que os cientistas não sejam perturbados e tenham todas as condições para trabalhar. Chamamos a nós as responsabilidades menores, e os que se sentem melhor cuidam dos outros doentes, deixando os médicos inteiramente livres para os estudos. Agora eles chegam ao hospital e já vão direto para a sala de conferências, permanecendo lá o dia inteiro. Às vezes o doutor pede a um dos seus assistentes que colha alguma amostra de sangue para que possam analisar a evolução do vírus ou testar uma nova substância. Estamos muito ansiosos, mas isso é normal. Há sempre muitos de nós aglomerados à porta da sala de conferências, à espera de alguma nova descoberta. Pelo vidro da porta, quando a cortina está erguida, vemos o doutor explicando gráficos, projetando slides para sua equipe. Depois todos discutem à exaustão cada um dos slides, ou se prostram com semblantes preocupados, ou simplesmente baixam a cortina de forma brusca e acintosa. Então entendemos que ainda estão longe de encontrar a solução. Mas não podemos esmorecer, dizemo-nos uns aos outros, a ciência não tem limites e os homens são obstinados. Está certo que não temos muito tempo, mas ainda estamos aqui, e vivos.

O mau cheiro dos corpos que apodrecem no pátio vai aumentando. Notamos também que o clima tem se tornado mais úmido. Nas paredes do hospital e das casas fermenta um mofo grosso e peludo. Quando chove, e tem chovido muito nos últimos tempos, nossas ruas ficam cobertas por uma camada de barro e lixo que não sabemos exatamente de onde vem. O horror é quase insuportável, nesses dias. E ainda assim o doutor vem, ele e sua equipe, metidos em suas grossas capas de chuva e suas botas de borracha com solado de dez centímetros. Eles cruzam ruas atulhadas de barro, abrem caminho em meio ao lixo das calçadas, suportam o mau cheiro do hospital e vêm, vêm cheios de energia para mais um dia de estudo e pesquisas.

A ideia do rio nasceu justamente das dificuldades que eles enfrentavam após as chuvas torrenciais. As águas se acumulavam nas ruas e custavam a baixar, formando imensas lagoas fétidas que complicavam os deslocamentos. Mesmo sendo um problema externo à área que dominam, os médicos o detectaram e convocaram os engenheiros. A equipe dos engenheiros veio após uma grande chuva e mediu, fotografou, topografou, analisou e, em pouco tempo, apresentou o laudo e a alternativa: a abertura do rio, entre a cidade e o nosso território, que serviria para escoar a água das chuvas e, mais ainda, funcionaria como obstáculo extra ao avanço do vírus.

O rio foi aberto. Inicialmente um fiapo d'água riscando a terra; depois o leito foi se alargando; hoje parece que não para mais de crescer, entre nós e a cidade. Daí uma certa impressão de que o rio nos empurra para longe.

Mas o rio significa muito para nós. A paisagem do rio nos enche de esperança, mesmo sabendo que suas águas estão repletas da lama das nossas ruas e infestadas do vírus que nos infesta o corpo. Há muito mais, nas águas do rio. Por isso, olhar para o rio é tão emocionante para nós. Ele é a estrada pela qual todos os dias o doutor e sua equipe chegam até nós, espécie de rio-ponte que nos comunica com a cidade distante. Mas não é só isso.

Ele fica no poente, o rio, e uma das imagens mais fortes e elevadas que temos por aqui é a de quando o sol se põe além dele, além ainda da cidade. Primeiro ela, a cidade, brilha como se fosse uma joia prateada sob a luz incisiva do sol. É um brilho metálico e vigoroso, que lembra uma máquina de aço polido em perfeito e constante funcionamento. Depois vai se tornando dourada, espécie de urna desabotoada que se prepara para agasalhar o sol em seu útero morno. E é justo nesse momento — que, sem exagero, chamamos de sublime — que o barco do doutor e sua equipe parte de volta à cidade. E o que parece impossível acontece: a paisagem, completada pelo barco, torna-se ainda mais tocante. Ele, o barco, vai despejando uma língua branca de espuma atrás de si, e quase podemos ver os peixes trêmulos à volta das borbulhas, seus dorsos prateados a resvalar uns contra os outros e as bocas minúsculas que estouram centenas de ovas de ar e água numa misteriosa e suicida perseguição dos hélices. Sim, há quem diga que no rio existem desses peixes fascinados, que nadam no leite dos barcos e morrem contra as pás vertiginosas dos motores a fabricar delícias gasosas por onde passam. Ele, o barco, vai um tanto lento, com a popa abaixada pelo peso dos inúmeros relatórios, os gráficos, as estatísticas, o resultado de mais um difícil dia de trabalho do doutor e sua equipe. Mas sabemos que no seu rastro vai aquela infantil algazarra de peixes reluzentes, que se roçam e roçam a morte num saudável perigo de borbulhas.

Pois essa imagem tem um traço de divino, que nos enleva. É nessa hora que rezamos. Rezamos por e para aqueles homens (secretamente também rezamos pelos peixes). É nessa hora que sentimos, mais forte do que nunca, a esperança de que amanhã, depois, qualquer dia desses, o doutor venha e desça do barco para em seguida convocar uma coletiva. Um dia ele vai finalizar suas pesquisas, vai abrir o grosso volume da sua tese diante de nós, vai apresentar os dados, as interpretações e as conclusões.

E cansado, envelhecido, mas feliz, o doutor vai nos dizer — temos absoluta certeza de que ele virá para nos dizer as palavras que mais esperamos.

Nesse dia o rio estará, mais do que nunca, apinhado de peixes bêbados, que levantarão no fundo do rio uma silenciosa nuvem de pó.

O crocodilo II

E até hoje não sei se isso foi bom ou ruim. Como também não sei se ter aceito o cargo na Instituição foi uma decisão acertada ou não. No fundo, não foi bem uma decisão, foi mais uma decorrência natural: quando percebi, já estava aqui dentro. O que posso dizer é que o Doutor simpatizou comigo. Vou mais longe: se identificou comigo. A razão é muito simples e está nas suas costas, naquele crocodilo caquético e doente que ele traz nas costas. Tudo bem, hoje sou querido pelos outros e todos me respeitam, mas a opinião do Doutor teve um peso que não se pode ignorar. Ele me tem como filho ou irmão mais novo, e foi assim desde a primeira vez que me viu, quando não pôde falar comigo sem tirar os olhos da cabeça do meu crocodilo — que se erguia por sobre a minha, deixando à mostra o papo robusto e jovem, pujante em direção ao céu. Era a antítese do crocodilo do Doutor, cuja cabeça pendia por sobre seu ombro e que de vez em quando deixava escorrer um fio de baba amarelada que lhe manchava o peito.

Todos dizem que serei seu sucessor. Isso não me assusta. Acho que já incorporei o espírito da Instituição. Sei que de uma forma ou de outra estamos todos comprometidos com o bom rumo das coisas aqui dentro; só que alguns de nós assumem essas posições modelares, é inevitável. O próprio Doutor, formalmente, não tem nenhum poder. Mas é óbvio que um crocodilo é diferente de um cachorro, por exemplo. Não que eu subestime os que vivem com um cão a lhes ladrar às costas, mas um crocodilo é um crocodilo. E é por isso que não fujo ao que me foi reservado. Nunca fui de pretensões muito grandes, e isso ajuda. Nunca tive o sucesso como meta, apenas as coisas foram acontecendo. Se hoje uso ternos finos e até me orgulho das minhas gravatas italianas, se o ar-condicionado do meu escritório faz com que eu às vezes me esqueça da pele sedosa e úmida que me acaricia as costas, se tenho um conforto e um bem-estar que me fazem pensar que sim, no fundo as coisas dão certo e tudo se encaixa, foi porque deixei as coisas acontecerem.

Não me importo de ser visto como exemplo para os mais jovens, são algumas responsabilidades que preciso assumir. Minha mulher está grávida de meu segundo filho, e essa é outra grande responsabilidade. Não posso me desligar totalmente dos meus compromissos na Instituição, mas me preocupo com o que seu corpo frágil e delicado está gerando. É um período em que os cuidados nunca são excessivos. Foi ela mesma que quis vir para um lugar mais sossegado durante a gravidez. É uma praia quase deserta e, apesar da beleza do local, minha mulher passa quase todo o tempo descansando em casa. Tenho aproveitado para fazer longos passeios pela praia com meu primogênito, esse menininho que já começa a inquietar-se e querer saber das coisas. Contar para ele um pouco da vida do pai é também uma forma de educá-lo. Ele reclama que não tem um crocodilo como eu, e se agita, e às vezes até bate com a mãozinha fechada no lombo do meu crocodilo, que já está velho e nos últimos tempos mal e mal abre os olhos, como se estivesse recolhido a um sono permanente.

Mas eu digo que ele terá o seu crocodilo, que é preciso paciência, que um dia ele terá, e nem lhe falo nada — porque acho que é muito cedo — sobre o pequeno ovo que já se faz perceber nas costinhas dele. O meu menino deixa de reclamar, dá uma corrida até a água e volta, à medida que as ondas avançam sobre a areia. E quando a língua d'água se recolhe outra vez, abrindo atrás de si uma grande extensão de areia úmida, lá vai outra vez o meu menino. Corre numa alegria incontida, um pouco desordenado nas suas perninhas frágeis, mas lá vai ele, alegre e infantil, sem desconfiar que já leva de arrasto um rabinho jovem e incipiente que se agita com o vigor dos músculos novos. Lá vai ele, o meu pequeno réptil em direção às ondas, desenhando muitos "esses" atrás de si e recebendo as ondas no peito, que viram seu corpinho na areia. Mas logo em seguida ele retoma a folia, sua corrida rasteira e divertida de encontro às ondas.

Sento na areia, fico observando meu filho brincar, é uma explosão de vida que se prepara dentro daquele corpinho. Não consigo deixar de imaginar um futuro grandioso para ele, e meus olhos se enchem d'água. Por sobre meu ombro, o crocodilo solta aquele seu riso asmático, que logo se transforma num acesso de tosse rouca e meio catarrenta.

Nos últimos tempos tem sido assim. Sinto que vai ser uma noite difícil, com essa tosse rouca nos meus ouvidos.

O rosto

Sempre morei na casa, mas só há pouco dei para vê-lo por aí, esquivando-se num vão de porta ou escapando por algum corredor. Não sei quanto tempo ele esteve me observando ou mesmo me perseguindo pela casa. No fundo ele se aproveitou da minha ingenuidade, dessa maneira um pouco irresponsável de pensar que dentro da casa eu estaria livre de qualquer ameaça. Só que agora inverti o jogo. Sou eu quem o persegue, e não estou para brincadeiras. Ele deve ter percebido, tenho certeza de que está com medo.

Um rosto pode se esconder muito facilmente. Fico imaginando o quanto ele deve ter vivido, por exemplo, em algum dos quadros da sala principal, com uma visão muito privilegiada de tudo. Ou sob o disfarce de um desenho pueril em alguma folha de caderno velho, ou na fotografia de uma revista, na estampa de uma toalha de mesa, numa porcelana, enfim, são tantas as possibilidades que já cheguei a pensar que não seria apenas um, mas muitos rostos a habitarem a casa. Acho que aí sim, eu estaria perdido. É por isso que não trabalho com essa hipótese. Preciso manter a confiança de que em breve recuperarei totalmente o domínio da casa.

O rosto tem suas armas, claro, e conseguir camuflar-se é uma delas. Mas também tenho as minhas. Duvido, por exemplo, que exista alguém que conheça melhor a casa do que eu. Nem o próprio arquiteto que a projetou ou o mestre de obras que a pôs em pé conhecem por inteiro os seus meandros. Somente esse convívio íntimo que mantenho com a casa há anos me permitiu descobrir a infinidade de passagens, atalhos, as portas falsas, as peças falsas. Fui aprendendo aos poucos que a casa gosta de brincar com as coisas que são e que não são. Ela inventa cômodos, por exemplo, que às vezes logo desaparecem, mas que outras vezes se fixam duramente à sua estrutura, como uma peça capital, algo sem o que a casa não existiria. É impossível dar conta de todos os aposentos que surgem nos mais variados pontos da casa, mas procuro estar sempre atualizado a respeito dos movimentos em sua planta. É uma maneira de manter a afinidade com ela, de ganhar-lhe a confiança, e, ao mesmo tempo, me impor sobre o rosto como aquele que realmente merece o território. Ou seja, é um jeito de ter a casa do meu lado e não do lado dele.

Há dias descobri uma pequena sala que não existia até pouco tempo atrás. É um recanto bastante aprazível. Meio escuro, apesar da janela que dá para a rua, mas com alguma coisa de aconchegante. É raro surgir uma peça no perímetro da casa, geralmente as movimentações se dão no centro do seu corpo — deve ser mais fácil para a casa fazer com que os aposentos nasçam mais próximos às suas entranhas. A janela dessa nova sala é pequena, mas me chamou a atenção o vidro muito limpo e brilhante, o que tornava difícil enxergar o lado de fora, por causa do reflexo que o vidro produzia. A saleta tem duas poltronas de grandes braços onde o couro já se mostra gasto e encardido, uma cristaleira antiga e uma mesa coberta por uma toalha de linho cujas abas se moviam lentamente, parecendo embaladas por um vento doce e constante. Sentei na poltrona e fiquei olhando o movimento da toalha. Era um delicado abanar do tecido, que transmitia à peça inteira uma sensação tremulante, como se tudo ali estivesse sobre uma asa de pássaro em movimento. Lembrou-me o voo da gaivota, as folhas de uma árvore ao vento, uma arraia perdida, a água. Não sei por que me lembrou a água.

Não sei quanto tempo disporei dessa sala. Assim como alguns cômodos brotam da noite para o dia, outros desaparecem sem explicação nenhuma, numa espécie de balanceamento que a casa faz, como que possuída por um rigor matemático. Já pensei em encarcerar o rosto em uma das peças condenadas ao desaparecimento. Mas como descobrir quais são essas peças? Tenho intuições, mas não basta. O fato é: a casa jamais se entrega totalmente. Mesmo quando eu estiver livre do rosto, terei de aceitar os segredos dela como algo necessário à nossa convivência. É uma coisa que ainda não assimilei por completo, mas preciso começar a pensar nisso.

Sei que o rosto ainda não esteve na saleta. Aprendi a identificar seu rastro. Não sei exatamente como o percebo, mas desde que me dei conta da sua impertinência consigo identificar quase com precisão os lugares por onde ele passa. Por isso ficou fácil persegui-lo; o que preciso agora é aprender a me antecipar. Tenho chegado atrasado na maioria das vezes, mas sinto que estou perto de apanhá-lo.

Quase consegui, há poucos dias, quando o acossei através de um longo corredor. Era um corredor por onde eu nunca havia passado. De repente, lá estava ele à minha frente: aquele ponto negro no ar, seus cabelos voando, indo de uma parede à outra do corredor à procura de uma porta aberta por onde escapar. A intervalos ele olhava para trás, girando a cabeça como se tivesse um pescoço que a sustentasse e um ombro sobre o qual girar. Pude ver o terror nos seus olhos, a boca entreaberta pelo esforço e pelo medo. Ele buscava uma saída qualquer, e aquele ziguezaguear entre as paredes do corredor me lembrou uma mosca desatinada numa tarde abafada de verão. Foi o que o salvou, daquela vez. Não suportei a comicidade da minha associação. Ora, onde eu fora buscar aquela imagem da mosca atordoada se o rosto era tão maior e tão mais perigoso? Comecei a rir e não consegui continuar a perseguição. Fui obrigado a me sentar no chão e me encostar na parede e assim, sentado, gargalhando, deitando lágrimas de tanto rir, ainda vi o último olhar que ele me lançou antes de sumir por uma porta à esquerda. Foi quando consegui parar de rir. E meu corpo tremia inteiro e os dentes rangiam como se tivessem lixas nas pontas.

 O fato de ele se aproximar quase sempre por trás de mim fez com que eu desenvolvesse uma espécie de percepção posterior. Estou sempre muito atento ao que se passa às minhas costas e, embora não consiga ver, tenho uma ideia mais ou menos acertada do que acontece atrás de mim. Às vezes estou concentrado em alguma atividade qualquer, como lustrar os sapatos, por exemplo, e aparentemente sem nenhum raciocínio meus músculos recebem o estímulo, me viro rápido e vejo aquela bola escura no ar, os cabelos na horizontal, dando conta do movimento velocíssimo, como a cauda de um cometa negro — e o rosto some através de uma porta. Sei que ele me observa durante o sono e é por isso que passei a dormir — quando isso me era rigorosamente necessário — no outro extremo da casa, longe da saleta das poltronas de couro gasto. Ali eu precisava estar muito alerta. Os aposentos desconhecidos sempre têm algum fascínio, e é evidente que esse fascínio se exerce sobre o rosto também. Mais cedo ou mais tarde ele viria.

 Pois me instalei na saleta, mais do que nunca decidido a apanhá-lo.

Eu havia me posicionado diante da janela, e pelo vidro podia ver o reflexo de tudo o que ocorria às minhas costas. Tinha a visão quase inteira da saleta atrás de mim, o problema era conseguir separar o meu olhar. Aquilo que aparecia do outro lado da janela arrastava minha visão para fora. Eu via primeiro o pequeno jardim à frente da casa, a cerca baixa e a calçada com árvores junto ao meio-fio, depois a rua, um terreno baldio e, mais adiante ainda, um morro coberto de vegetação, cujo pico muitas vezes estava oculto pelas nuvens. Para ver o que se passava logo ali às minhas costas eu tinha de puxar drasticamente o olhar e me concentrar no reflexo do vidro. Até me doíam os olhos a cada vez que eu precisava fazer essa espécie de refluxo do olhar. Logo de início, nos primeiros instantes que sucediam a puxada do meu olhar, eu não conseguia visualizar nada no interior da saleta, o que me deixava quase em pânico, achando que jamais conseguiria ter a visão das coisas ali de dentro. Somente aos poucos o reflexo ia se cristalizando no vidro da janela, sobrepondo-se à imagem colorida da rua, e logo era como se uma cortina cobrisse a janela, como se uma tela opaca se agarrasse à pele do vidro, sobre a qual se projetavam com perfeição, apesar do monocromatismo da imagem, as poltronas de couro gasto, a cristaleira, a mesa, a toalha abanando suas fraldas naquele movimento de arraia lânguida, e a porta.

    Passei a me concentrar na porta. Todo o interior da saleta era de um mesmo tom marrom-escuro e talvez isso dificultasse ainda mais a transferência do meu olhar de fora para dentro. Mas o que me angustiava era que, se eu relaxava, naturalmente os meus olhos se desgarravam da imagem refletida e, sem eu perceber, iam perfurando a tela do reflexo. Quando me dava conta, lá estava eu com o olhar longe outra vez, perdido no morro e em suas nuvens. A vigília tinha de ser dura. Me concentrei na porta.

Primeiro notei que ele espreitava apenas com um olho, a metade do rosto para além do marco, e ficava por longo tempo observando. Depois escorregava para trás da parede. Mas eu sabia que não tinha ido embora, que estava logo ali, a nuca recostada contra a parede, talvez ofegante, tomando coragem para se aproximar.

Quando entrou, foi a primeira vez que o vi fora de um movimento acelerado, de fuga. Todas as outras o vi escapando, correndo, os cabelos sempre como riscos no ar. Agora não. Agora podia ver, ainda que pela via indireta do reflexo, a tranquila beleza de seus cabelos negros e um tanto desgrenhados e compridos. Ele se deixou ficar sob o umbral da porta, se decidindo. Não movi nenhum músculo, permaneci de frente para a janela, controlando-o pelo reflexo, e deixei que se aproximasse. Ele veio em direção à janela, cuidadoso, mas manifestamente excitado. Flutuava quase sobre meu ombro. Eu podia perceber sua respiração acelerada, a boca entreaberta. Via apenas a imagem refletida no vidro à minha frente e sabia que naquele instante nada conseguiria levar meu olhar para fora. Mesmo assim, não pude definir bem suas feições, talvez por causa dos cabelos, longos e desarrumados, que me chamavam a atenção de forma muito particular.

Eu sabia que bastava um movimento rápido da mão para segurá-lo, podia inclusive agarrá-lo pelos cabelos, de nada adiantaria sua extrema velocidade de movimentos. Mas deixei. Deixei ele se aproximar ainda mais, quase ultrapassando a linha do meu ombro. Ele olhava com avidez através da janela, parecia sorvido por alguma coisa que vinha lá de fora. Esperei. Dei todo o tempo do mundo para que sua visão pudesse assimilar o que estava lá fora, para que sua realidade fosse aos poucos se contrabalançando. Afinal, eu também me dera esse tempo. Meu jogo sempre foi um jogo limpo.

Senti que aos poucos seu olhar começou a fazer o movimento de retorno, talvez agora estivesse passando pelo terreno baldio, pela calçada com árvores, pela cerca baixa, pelo jardim. E quando, pela primeira vez, ele se viu no reflexo do vidro, ao mesmo tempo deve ter visto também o meu próprio rosto, praticamente ao seu lado, os meus olhos cravados no reflexo dos olhos dele.

Sua reação foi imediata e de fuga, óbvio. Virei o corpo e o segui. Ele ainda se debateu em várias gambetas à procura da porta, mudando de direção de maneira repentina, como um balão que perde o ar antes de cair murcho no chão. E até conseguiu me enganar várias vezes com aqueles movimentos bruscos. Bati em uma das poltronas enquanto tentava agarrá-lo, machuquei a perna e isso me excitou ainda mais. Sabia que tinha de capturá-lo naquele instante. Mas ele conseguiu encontrar a porta e enveredou pelo cômodo contíguo à saleta. Fui atrás. Com dois saltos impressionantes, ele atravessou a peça, chegou a uma espécie de hall que dava para uma escada, pulou sobre a poltrona para pegar impulso e se jogou por cima do corrimão da escada.

Foram movimentos importantes e difíceis, tenho de reconhecer. E teriam sido perfeitos não fosse o ressalto de ferro do corrimão, na base da escada, que o interceptou em pleno voo.

O rosto caiu. Ainda tentou subir a escada, pulando os degraus desajeitadamente, mas caiu desacordado e rolou como uma bola de gude escada abaixo, até quase junto dos meus pés.

Finalmente ele estava diante de mim. Me aproximei e não consegui evitar a surpresa ao vê-lo tão jovem. Era o rosto de uma criança, a pele lisa e branca, um pouco avermelhada nas faces por causa do esforço da corrida, a escoriação no queixo pela batida no ressalto do corrimão e — o que me deixou um pouco desacomodado — aquela lágrima cristalina que escorria do canto do seu olho.

Depois de examinar diversas alternativas, decidi colocá-lo dentro de uma gaiola que encontrei na despensa. Não me recordo de algum dia ter visto passarinhos na casa, mas aquela gaiola já havia sido usada e fora guardada suja de fezes de pássaros. Enquanto o rosto estava desacordado, limpei a gaiola e o coloquei lá dentro. Fui até a saleta, puxei a mesa para junto da janela e pus a gaiola em cima.

Nos dias que se seguiram cuidei do ferimento em seu queixo e o supri fartamente com alimentos, embora ele descartasse tudo à exceção do leite, que bebia com avidez. Ele não me olhava nos olhos e até se escondia atrás das mechas de cabelo, quando eu me aproximava. Mas eu não me importava. O fundamental é que estava livre de suas perseguições pela casa. Podia outra vez passear por todos os cômodos despreocupadamente, tinha outra vez a casa inteira à minha disposição.

E foi por isso que não entendi direito aquela força que me fixava à saleta. Alguma coisa me prendia àquelas velhas poltronas, à janela, ao desgraçado daquele rosto dentro da gaiola. Eu não saía mais dali. Deixava-me ficar durante longos períodos absorto na paisagem à janela, sem saber se estava de fato enxergando o que havia lá fora ou se tudo era reflexo do meu pensamento. Aqui dentro, a única coisa que me distraía era o rosto bebendo seu leite. Eu mantinha sua tigela sempre bem cheia porque achava graça no jeito como ele se debruçava sobre a superfície branca do leite para sugar o líquido com movimentos sincronizados da boca e da língua. Se tivesse mãos, certamente as usaria para prender as mechas de cabelo que caíam sobre o leite a cada vez que mergulhava a boca no alimento. Quando se erguia outra vez, seu cabelo trazia gotículas brancas penduradas nas pontas, e seus lábios também estavam brancos, assim como o queixo e até suas faces; todo ele ficava lambuzado de leite, o que reforçava ainda mais seu aspecto infantil. Era o único momento em que eu conseguia perceber alguma alegria nele. E de certa maneira aquilo também se refletia em mim. Gostava de ver o rosto deliciado de leite.

Talvez ele tenha percebido. Ele pode ter percebido, vendo nisso um ponto fraco em mim. Não sei, é uma possibilidade.

Eu estava pousando a tigela cheia de leite dentro da gaiola quando sua voz me pegou inteiramente de surpresa. Era a primeira vez que ele falava alguma coisa e, além disso, me olhava duramente nos olhos. Era uma voz fina e meiga, mas incisiva:

— Você pode trazer uma toalha para enxugar a minha boca?

Minha mão tremeu e deixei entornar um pouco de leite no assoalho da gaiola. Olhei para ele sem saber o que dizer, e fui buscar a toalha imediatamente.

Quando estava no meio do corredor ao lado da saleta foi que me dei conta da sua jogada de esperteza. Quase ao mesmo tempo, ouvi o estouro do vidro. Voltei correndo, mas era tarde demais. Lá estava a gaiola com a porta aberta, a porta que, na minha atrapalhação, eu esquecera de fechar. E o vidro da janela com um buraco redondo no meio.

Aquela imagem da gaiola vazia, com a portinhola escancarada, ao lado do vidro quebrado da janela e os cacos espalhados sobre a mesa, aquela imagem se grudou à minha mente como uma pele, uma membrana viscosa e quente que até hoje está em mim. De imediato, a imagem me transmitiu tristeza. A combinação dos cacos de vidro com a portinhola aberta e a gaiola de arame vazia, tudo me encheu de uma tristeza gorda e sincera, que me deixou estagnado.

Depois o sentimento foi se transformando em incerteza, apreensão e, finalmente, medo.

Imagino que ele tenha escapado pela janela, é o mais lógico. Mas não posso descartar a hipótese de que ainda esteja por aqui, num possível conluio com a casa, me espreitando. É essa dúvida que me incapacita.

Ultimamente tenho tentado me aproximar dele, se é que de fato ele ainda está pela casa. Sinceramente, não quero mais persegui-lo e pretendo fazer com que ele perceba isso, que perceba uma possibilidade de convívio harmonioso entre nós. Imaginei que, adotando a sua forma de ser e agir, poderia atraí-lo. Dia desses resolvi descer a escada do mesmo jeito que ele. Abracei as pernas, pus a cabeça entre os joelhos, enrosquei-me todo e desci. Cheguei a pular uns dois ou três degraus como se fosse mesmo uma bola de gude, mas não consegui manter a posição e rolei escada abaixo. Acho que quebrei um braço porque me dói muito e já não consigo mexê-lo. Pensei em inspecionar lá fora, pois ele bem poderia andar ali pelo jardim. Usando o braço bom, consegui alargar o buraco do vidro e meti a cabeça através dele. Com a cabeça dentro do buraco, virei para o lado a fim de buscar uma visão melhor, mas senti uma ponta do vidro rasgando meu pescoço. O filete de sangue desceu pelo pescoço até o peito. Virei para o outro lado e me feri ainda mais.

Agora sei que estou preso, que minha cabeça está presa lá fora. Cada movimento que faço complica as coisas. Mas não estou desesperado. Estou triste, cansado, mas não me sinto derrotado.

Há pouco choveu. Gosto de sentir a chuva cair mansamente sobre minha cabeça, sentir o cabelo empapando-se aos poucos, pesando nas pontas. Imagino as gotas que se acumulam nas pontas como gotas de leite emoldurando meu rosto. É a única parte de mim fora da casa, no buraco do vidro, emoldurado pela janela da casa. Meu cabelo está pesado das gotas que não se seguram nas pontas e pingam e alargam uma grande poça d'água abaixo de mim. Onde se reflete meu rosto. A chuva parou há algum tempo. Veio o sol e minha nuca secou. Mas as gotas, essas malditas gotas, insistem em continuar pingando sobre a poça. O que deixa o reflexo do meu rosto inteiramente difuso, difícil de enxergar.

A visita

A Duquesa me recebeu à porta, no alto das escadas, com um sorriso que me deixou desconfortável. Cumprimentei-a sorrindo também, ia dizer que vinha no lugar do meu irmão que não pudera... "Ele já telefonou e me explicou tudo", atalhou a Duquesa, e fui introduzido na sala com ela segurando a minha mão. A Duquesa tinha a mão molenga, que me lembrou uma sanguessuga.

Ao contrário do que eu esperava, havia pouca gente lá dentro. Fui apresentado primeiro ao Capitão, que me recebeu com uma formalidade excessiva. Depois, à filha da Duquesa e a um pianista, que conversavam calorosamente sobre qualquer coisa que não pude e nem fiz questão de saber. A Duquesa tentou interromper várias vezes, mas foi só quando pronunciou o nome do meu irmão que os dois se voltaram para nós. Apertei-lhes as mãos. A filha da Duquesa era incrivelmente bonita, e o pianista, só mais tarde fui perceber, estava bêbado. Havia ainda um jovem sentado a um canto da sala, com aspecto meio afeminado e cheio de um tédio que era ao mesmo tempo sincero e ostentado.

Jantamos em seguida. O vinho excelente, a comida melhor ainda. A Duquesa tinha pressa e não parecia preocupada em disfarçá-la. Nem mesmo esperamos a sobremesa e ela foi me mostrar a casa. "O seu irmão já deve ter lhe falado da casa", ela disse. Confirmei com um movimento displicente da cabeça, dando a entender que não estava interessado em ser cortês. "Seus olhos falam por você, sabia?", disse a Duquesa. Saímos os seis para ver a casa.

Era muito ampla e bem decorada. Mas nada de extraordinário, nada que eu já não tivesse visto nessas revistas sobre decoração de interiores. Andamos por três ou quatro salões, todos eles diferentes entre si mas ao mesmo tempo muito semelhantes na maneira como o ambiente que se formava no interior deles agia sobre nós, deixando-nos a impressão de que efetivamente não passávamos de uma peça a outra, ainda que mudassem a cor das paredes, os móveis e a decoração. Entramos num corredor largo e bastante iluminado que, segundo a Duquesa, dava acesso aos quartos dos hóspedes. Ao passarmos ao lado de uma das portas, ouvi uma algazarra de vozes e música e perguntei à Duquesa se aquele também era um quarto de hóspedes. Ela disse que não, que ali havia uma festa e aquela gente estava se divertindo um pouco. Ela abriu a porta e pude ver o imenso salão, repleto de pessoas conversando, comendo, bebendo, algumas dançando. Mas não sei bem por quê, tive a impressão de que já fazia muito tempo que aquelas pessoas estavam ali, que era uma festa que já durava vários dias, que se divertiam, sim, mas entediadamente. Não consegui enxergar a parede do fundo do salão e calculei que talvez coubesse uma cidade inteira ali dentro.

A Duquesa fechou a porta e foi como se o salão calasse a boca de repente. Não sobrou nenhum som, nada. Nem mesmo aquele ruído abafado que havia instantes chamara a minha atenção. Senti que nos afogávamos no silêncio, naquela verdadeira câmara de silêncio em que se transformara o corredor. Olhamo-nos todos ao mesmo tempo e tratamos de andar. O corredor era longo mas prosseguimos, e nem sequer ouvíamos nossos passos apressados.

Somente depois de sairmos do corredor e passarmos por vários cômodos é que percebi que caminhava na companhia apenas da Duquesa e do Capitão. Os outros, disse-me a Duquesa quando perguntei, tinham ficado na festa. Apresentou-se outro corredor, quase tão grande quanto o primeiro, e fomos por ele. A Duquesa e eu vínhamos conversando e lá pelas tantas notamos que o Capitão ficara para trás. Aliás, foi a Duquesa que se deu conta. Ela tocou o meu braço, como quem pede para esperar um pouco, e virou-se. O Capitão estava parado diante de uma das portas laterais, uns dez metros atrás de nós, e olhava a Duquesa de forma suplicante. A Duquesa balançou a cabeça como quem diz "dai-me paciência, Senhor" e tocou de novo no meu braço, convidando-me a acompanhá-la até o Capitão. Quando chegamos à sua frente, ele tinha um sorriso meio imbecil cristalizado na cara, lembrou-me um cachorro reencontrando seu dono. Foi a primeira e única vez que vi o Capitão sorrir.

A Duquesa fez-lhe um sinal com a cabeça e ele abriu a porta. Confesso que minha primeira impressão foi de choque, mas foi só a primeira impressão, depois restou apenas a sensação desagradável de respirar aquele ar quente e cheirando a suor masculino. Era uma peça repleta de homens nus se exercitando em aparelhos de ginástica. A Duquesa explicou que aquela era a Sala de Ginástica, onde Os Homens do Capitão (ela falou de maneira que se percebiam as maiúsculas na sua voz: Os Homens do Capitão) fortaleciam seus músculos e mantinham a forma necessária para fazerem parte da Guarda. Achei gozado que ela não tivesse mencionado a tal Guarda antes, nem mesmo ao me apresentar o Capitão. Mas eu não queria fazer muitas perguntas, resolvi não falar nada.

Voltamos ao corredor. Nem chegamos a andar cinco metros e o Capitão cochichou alguma coisa no ouvido da Duquesa. Como da outra vez, ela balançou a cabeça, depois voltou-se para mim: "Ele está decepcionado porque você não perguntou o motivo de os homens estarem nus".

Balbuciei qualquer coisa como "a nudez das pessoas deveria ser algo natural...", e juro que vi o lábio superior da Duquesa repuxar-se numa fugaz ameaça de sorriso. Ela pediu ao Capitão que explicasse, soltando um leve suspiro de fastio ao fim da frase. O rosto do Capitão se encheu de uma alegria infantil e ele começou a falar sobre o método de cultura física que desenvolvera. Segundo o Capitão, o fato de os homens estarem enxergando o corpo uns dos outros aguçava-lhes o senso de competição, fazia com que cada um buscasse aumentar o tamanho dos seus músculos para superar o outro. A questão do nu completo era o "algo mais", o requinte da sua teoria e o que, segundo ele, realmente pesava na balança: vendo os genitais dos outros — disse o Capitão, com extrema gravidade na voz e um prazer indisfarçável —, seus homens sentiam-se profundamente viris. O Capitão chegou a suspender a marcha que empreendêramos outra vez corredor adentro para auxiliar com gestos o que explicava: "o órgão genital masculino, dependurado e balançando conforme o movimento dos exercícios, é um grande símbolo de virilidade, e faz despertar essa virilidade nos outros".

Nesse momento a Duquesa deixou-se engasgar naquilo que me pareceu uma risada abortada, depois tossiu para se recompor; eu fiquei meio sem jeito e tive raiva de ter ficado sem jeito. O Capitão, surpreso e em seguida irritado, fechou ainda mais seu rosto já naturalmente fechado, e não disse mais nenhuma palavra até o fim da visita.

Talvez para quebrar o gelo, não sei, a Duquesa retomou o mesmo ar apressado que mostrara durante o jantar e disse: "mas vamos ao que interessa, ele está no pátio"; e enveredamos por um corredor mais escuro e menos largo, depois por cômodos que tinham cheiro de mofo, onde as paredes — aqui e ali — começavam a descascar. "Infelizmente, temos de passar por esta zona da casa", disse a Duquesa, "foi uma das falhas do arquiteto."

O tamanho dos cômodos tornava-se menor e a luminosidade mais fraca. Entramos em mais um corredor, e em seguida vários outros corredores se entrecruzaram com o nosso, um deles em diagonal, como uma bifurcação de linha férrea; tomamos esse, e foi aí que comecei a sentir o cheiro muito forte da fumaça. Ainda conjeturava sobre a razão do cheiro quando a Duquesa falou: "É a cozinha, fica logo ali, temos que passar por ela também". A Duquesa não disse o "infelizmente", mas foi possível lê-lo no tom da sua voz.

A cozinha era uma peça grande, com as paredes completamente tomadas por uma fuligem muito negra e espessa. Havia um imenso forno em forma de concha, que tomava inteiramente uma das paredes. E havia as cozinheiras, muitas delas, todas vestindo saias que iam até quase o chão e lenços na cabeça. Suas roupas, seus lenços e suas peles eram do mesmo negro das paredes, grossas daquela mesma fuligem, de tal forma que se elas fechassem os olhos tornava-se difícil distingui-las em meio à escuridão. O que mais me chamou a atenção foi que do olhar de todas elas emanava uma grande melancolia. Como se padecessem de uma dor antiga, pensei. Depois, só depois, é que percebi a obviedade do meu pensamento.

Sentia-me sufocado, e a primeira coisa que me veio à cabeça foi me perguntar como era possível que se produzisse ali, naquela insalubridade toda, uma comida extremamente deliciosa como a que acabáramos de comer. Depois resolvi que o que importava era saber o porquê e como aquelas mulheres viviam ali. E dessa vez ia mesmo questionar a Duquesa, quando notei que uma das cozinheiras (muito jovem; apesar de toda a fuligem, percebi que era muito jovem e, talvez, bonita) me olhava com insistência e se colocava sempre dentro do meu campo de visão. Tentei chamá-la, mas, não sei se pelo mal-estar que o calor e a falta de ar causavam, minha voz não saiu, ou melhor, desapareceu assim que saiu da minha boca, como palavras evaporadas. Foi aí que me dei conta de que não havia sons ali dentro. Era um constante movimento, um entra e sai das mulheres de dentro do forno, um atropelo típico das grandes cozinhas em dia de festa, mas tudo no mais rígido e absoluto silêncio. Como se eu assistisse a uma televisão com o volume no zero.

Pois de certa forma aquela moça conseguia quebrar o silêncio através do olhar que dirigia a mim. Era um olhar suplicante, mas totalmente diferente daquela súplica infantil que há bem pouco eu vira nos olhos do Capitão. Ela se aproximou, por trás do Capitão, que estava à minha frente, e juro que foi esse o momento mais angustiante da visita. Diante de mim, a figura estática, e até nojenta, do Capitão. Por trás dele alguma coisa dançava, o vulto da mulher passava de um lado para o outro como se quisesse me alcançar, mas impossibilitada pelo obstáculo à sua frente. Eu esperava que ela dissesse alguma coisa. E acho que suplicava também — naquela sua linguagem — uma palavra dela. Sinto que se ela tivesse dito uma só palavra as coisas teriam tomado outro rumo. Ou se eu... Mas naquele momento isso nem me passou pela cabeça. Eu esperava por ela, e mesmo sofria com ela, mas não atinei que tudo dependia de mim. O Capitão chegou mesmo a pôr-se de lado — ao meu lado — e deixou-se ficar observando nós dois, eu e a mulher, frente a frente, naquela espécie de transe.

Foi quando o corpo da Duquesa surgiu entre nós.

A Duquesa tocou o meu braço e fez um sinal para que eu a seguisse. Dirigiu-se à porta, mas permaneci parado. No rosto da moça, vi que uma lágrima escorria, abrindo um rastro branco na face coberta de fuligem. Ela estendeu a mão, me oferecendo um lenço também branco. Apanhei o lenço e saí. Senti que era mandado embora, senti que ela, a moça, me mandava embora, e que até me desprezava. Não sei, mas acho que corri até a porta.

A Duquesa fez que não percebeu meu embaraço e nem que eu havia pegado o lenço. Assim que passei, ela puxou a porta e fui tomado por um alívio súbito. Mas naquela fração de segundo antes de a porta se fechar totalmente, ainda pude ver outra vez, num relance quando virei o rosto para trás, o intenso movimento das cozinheiras lá dentro, imersas na fumaça, respirando carvão, entrando no forno e saindo do forno sujas, sufocadas pelo calor, mas diligentes e melancólicas, e no mais completo silêncio.

"O seu irmão também nunca gostou de vir à cozinha", disse a Duquesa, quando já entrávamos no pátio. Cheguei a abrir a boca para dizer que não me interessava saber se o meu irmão gostava ou não daquilo, que não era ele e sim eu que estava ali, que ela parasse com a conversa-fiada e que terminássemos logo aquilo tudo e... Fui surpreendido pela visão terrivelmente desoladora do pátio.

Era um enorme descampado. Na verdade era um campo devastado pelo tempo, como que indo ao encontro de um deserto que, por sua vez, viesse avançando desde muito longe, misturando-se ao campo, engolindo-o. Estávamos justo na interseção entre o campo e o deserto. Havia árvores, mas todas elas secas, havia grama, mas uma grama morta e intercalada com largos trechos de areia e pedra. E havia a triste certeza de que se estava diante do infinito.

"É por aqui", disse a Duquesa, e descemos por um caminho de terra até um rústico galpão de madeira. A Duquesa pediu que o Capitão abrisse a porta, grande e pesada como são as portas dos galpões. Estava escuro lá dentro, tive de esperar que minha vista se acostumasse à pequena luminosidade. Enquanto me dava esse tempo, escutava vozes e risadas em meio a uns estalidos secos. Vi que se tratava da filha da Duquesa, o pianista (agora mais bêbado do que nunca, caía a todo o momento e tinha de ser levantado pelos outros) e o sujeito com ar de tédio (era um dândi, agora eu percebia). Cada um deles tinha um grande chicote de couro trançado nas mãos. No fundo do galpão, no lugar mais escuro, havia uma espécie de arena, separada do resto por uma cerca baixa de madeira. E dentro da arena: um homem muito magro, com aspecto de debilidade mental, que me olhava como um bicho acuado e de um jeito que a mim era assustadoramente familiar. Seus olhos eram grandes e meio caídos, suas feições, e até seus gestos, me remetiam a um não sei quê de conhecido, algo que me comunicava de forma irrevogável a uma espécie de segredo íntimo, desses de que se tem vergonha e se faz força para esquecer.

Ele tinha uma coleira graças à qual era mantido amarrado a um tronco no centro da arena. Como roupa, trazia apenas uns panos sujos enrolados na cintura e passando entre as pernas, à maneira de fraldas infantis. A corda que unia a coleira ao tronco era bastante comprida, de forma que ele podia se movimentar com certa liberdade dentro da arena. Era o que lhe permitia fugir, ou tentar fugir das chicotadas que os três buscavam lhe acertar. O pianista quase não conseguia erguer o chicote; no simples movimento de erguer o braço, já se estatelava no chão. Mas a filha da Duquesa e o dândi acertavam boas chicotadas nele, que se encolhia, corria para um canto e outro da arena e soltava uns grunhidos roucos.

A Duquesa me apontou a parede ao lado da porta, onde estavam dependurados vários chicotes: "experimente", ela disse.

Confesso que meu primeiro impulso foi o de avançar no pescoço da Duquesa e esganá-la até a morte, mas logo entendi que eu já estava derrotado, que o morto era eu. Odiei com todas as minhas forças a filha da Duquesa, o dândi e o pianista. Odiei sobretudo a Duquesa, que sorria discretamente de uma forma que me humilhava e me dizia "experimente". Olhei para ele, aquele outro lá no fundo da arena, olhei seus olhos no fundo da arena.

Os outros haviam parado de rir e chicotear. E olhavam para mim. Acho que a filha da Duquesa foi quem primeiro percebeu a minha atrapalhação. Ela foi à parede e apanhou um dos chicotes. Veio em minha direção. Sorria, lânguida — estava de pés descalços, os braços soltos, a ponta do chicote arrastando no chão. Não tirava os olhos dos meus, sem abandonar o sorriso que era ao mesmo tempo belo e vulgar. Passou vagarosamente a mão pelo meu peito, desceu-a pelo meu braço e segurou minha mão com força.

Foi um momento complicado. Ainda ouvi a Duquesa comentar, acho que com o dândi: "Ele lembra muito o irmão". Foi só o que ouvi. E olhei para o fundo da arena. Empunhei o chicote e disparei várias chicotadas seguidas, que ele evitou com movimentos muito rápidos.

Claro que eu estava desconfortável, ainda mais quando percebi que minha mão, desabituada àquele exercício, se feria no esforço. Me lembrei que tinha o lenço. Tirei-o do bolso e, apenas naquele momento, me ocorreu perguntar como o lenço podia ser tão branco se estivera em meio a toda a fuligem que eu vira na cozinha. Seria um sinal de que ainda havia uma chance? Talvez, mas não pensei muito. Não pensei em mais nada. Enrolei o lenço na mão e segurei o chicote com firmeza.

É evidente que no início foi difícil, inclusive fiz muitos movimentos em vão. Só depois, quando o braço foi se soltando, comecei a sentir um lento calor tomando conta do meu corpo. Deve ter sido aí que acertei a primeira. Depois acertei mais duas muito boas, e o outro caiu. Então ficou fácil.

Todos riam a cada laçaço, e batiam palmas. A filha da Duquesa se pendurava ao meu pescoço e me beijava, o que inclusive me atrapalhava a movimentação. O pianista proferia vivas pastosos, erguendo o copo no ar. E a Duquesa só dizia: "como são parecidos...". Mas eu... Eu, o que ouvia mesmo era o zumbido do chicote desenhando um "esse" no ar e se acabando num estalo ríspido sobre as costas dele.

    O Capitão teve de chamar sete dos seus homens para me arrancarem o chicote das mãos.

O encontro

Chegaram à cidade com noite e cansaço e um táxi os tirou da chuva para pousá-los num quarto de pensão desconfortável, à espera de que uma noite de sono os refizesse novos e prontos para o encontro que não deveria tardar. Fizeram amor sem pressa, apesar das paredes de madeira que embaralhavam os sons dos quartos contíguos e de uma escada que rangeu insistentemente até o último e impreciso minuto em que resvalaram para o terreno pastoso dos sonhos, onde uma escada rangendo pode ser tanta coisa.

De manhã, à janela, viram pela primeira vez uma ponta das muralhas. Leram depois, em algum folheto turístico, que séculos antes a cidade fora uma vila-fortaleza, e que o que hoje era a sua parte antiga estava dentro de um espaço cercado por muralhas centenárias, ou o que sobrara delas. Como não sabiam exatamente quando se daria o encontro, trataram logo de procurar um quarto onde tivessem um pouco mais de conforto e privacidade. Bem perto do centro antigo, numa rua estreita e sem calçada (como de resto quase todas as ruas da cidade), encontraram um quarto de aluguel na casa de uma senhora baixinha que falava alto. Não souberam responder por quanto tempo ficariam, mas a Senhora Baixinha Que Falava Alto entendeu e foi mostrar-lhes o quarto:

Vieram para o encontro, disse a Senhora Baixinha Que Falava Alto, não tem problema, vocês vão me pagando por semana.

O primeiro passeio sem o peso das mochilas foi de reconhecimento do novo espaço, deixaram-se andar pelas ruas da cidade para que os olhos — e os sentidos todos — se familiarizassem com o que até então era absolutamente desconhecido. Mas já aí uma sensação desconfortável os atingia. Era difícil orientar-se ali dentro. A cidade era pequena, com duas ou três ruas principais mas várias travessas, ruelas transversais, becos e escadas. Andaram por quase duas horas. Ele, que sempre julgara ter ótimo senso de orientação, foi quem primeiro comentou, quando voltava a reconhecer uma fachada por onde haviam passado minutos antes:

Parece que andamos, andamos e não saímos do lugar. Olhe essa casa, nós já passamos por aqui.

Você tem o mapa, ela disse, vamos marcar o caminho que já fizemos.

Resolveram procurar a Casa onde se daria o encontro, embora soubessem que só a partir do dia seguinte é que ele poderia se realizar. Gastaram mais meia hora metendo-se por ruelas e escadarias, todas elas com certo aspecto de coisa já vista, até que finalmente descobriram a Casa, não sem a surpresa de perceberem que já haviam passado à sua frente várias vezes. Era uma casa branca, de janelas e portas azuis, e que dava a impressão de ter passado por reformas havia pouco tempo. Sentaram-se num largo em frente à Casa, a distância.

Você acha que isso tudo vai demorar?, ela perguntou.

Não sei, ele disse, mas viemos aqui para o encontro e só vamos embora depois disso.

Depois ficaram em silêncio, olhando para a construção: a Casa está em uma esquina; no outro lado do largo há uma igreja e na rua em frente, ao fundo, vê-se a sombra escura das muralhas, como algo sobreposto à paisagem da cidade.

Não gosto dessa cidade, ela disse, ainda com o olhar fixo sobre a Casa.

Ele não respondeu, mas alguma coisa em seu silêncio concordava com ela, alguma coisa que jamais saberia exprimir e que certamente, se fosse exprimido, iria ao encontro do que ela sentia.

Temos que esperar, ele disse, quando outra vez um largo silêncio compartimentava a conversa. Temos que esperar, ele repetiu, sem saber se o dizia para ela ou para si próprio. Vamos aproveitar para conhecer a cidade.

Ela não disse nada.

Levantaram quando começou a chover, uma chuva fina e intermitente que os obrigava a um constante vestir e desvestir os impermeáveis coloridos e de capuz, o que sempre os deixava com ar de turistas. Não eram turistas, obviamente, e irritava-os a simples ideia de que poderiam passar por tal.

De onde vêm?, perguntou, no café, a velha sentada na mesa ao lado, sem disfarçar que os tomava por turistas.

Haviam entrado no café para fazer tempo até a chuva passar. A senhora entrara logo em seguida, sentara na mesa ao lado e poucos minutos depois, com a sem-cerimônia própria dos solitários em busca de companhia, contava-lhes sua vida em pormenores. Dizia-se cantora, mãe de duas filhas que partiram e a deixaram sozinha naquela cidade de onde, afirmava, daria tudo para ir embora. Eles apenas a ouviam, entre perguntas que a incentivavam a prosseguir, olhares cúmplices, sorrisos e goles de café. Quando o assunto pareceu esgotar-se, a Velha Que Se Dizia Cantora perguntou:

Vieram para o encontro, não foi? Eu logo percebi, ela continuou, logo percebi pela carinha de vocês.

A Velha Que Se Dizia Cantora baixou a voz, apoiou-se sobre a mesa como para chegar mais perto dos dois, e disse:

Posso ajudar vocês. Eu sei que posso ajudá-los a ter esse encontro o mais rápido possível. Amanhã mesmo vou fazer uns contatos com o pessoal da Casa e lhes direi alguma coisa.

A Velha Que Se Dizia Cantora sorria e olhava para a expressão de um e de outro.

Podemos nos encontrar de novo amanhã, aqui no café?, ela perguntou, sem que eles tivessem tempo para se refazer da surpresa.

Eles se olharam. Sorriram. E alguma coisa se decidiu entre os dois.

Sim, ele disse, amanhã estaremos aqui.

À noite, na casa da Senhora Baixinha Que Falava Alto, conversaram se deveriam mesmo, no dia seguinte, encontrar a Velha Que Se Dizia Cantora. Acharam que talvez fosse um golpe, alguém tentando se aproveitar daquela situação de serem visitantes na cidade à espera do encontro e, portanto, mais frágeis e suscetíveis a tudo. Mas, ao mesmo tempo, poderia ser uma boa oportunidade de ajuda, e não estavam em condições de dispensar ajudas. Dormiram sem chegar a uma conclusão.

Acordaram cedo e fazia sol, um sol já quase esquecido após tantos e tão longos dias de chuva. Acordaram bem-dispostos e decidiram ir ver as muralhas. Era o local mais alto da cidade, com uma ampla vista do rio — havia um rio margeando a cidade —, a ponte de ferro e a parte baixa e ribeira. E dali se via também uma parte da zona alta, antiga, essa que se agarrava à colina como uma mancha de pedra, cercada, enfim, pelas muralhas. Eram grossas muralhas de granito bem cortado e assente com precisão matemática; estavam dispostas em níveis, em largas faixas que abraçavam a colina em diversos pontos da sua declividade. Vistas do outro lado, lá de baixo, talvez dessem a impressão de grandes painéis encravados na encosta, lembrando a prosaica fragilidade de uma casca de laranja já separada da fruta e, ao mesmo tempo, o peso sólido de contrafortes engastados na rocha. Lá dentro, a cidade protegida — e por isso eram muralhas. Mas havia também a sensação de que a colina inteira era sustentada pelas mesmas muralhas e, portanto, também ela protegida — e por isso eram ainda mais muralhas.

Sentaram no ponto mais alto, diante da bonita vista do rio e da encosta e das muralhas. Deixaram que o sol lhes banhasse lentamente a pele dos rostos, os olhos, os cabelos, foram deixando-se aquecer, foram se sentindo aquecidos, foram despindo um a um os casacos e abrigos de lã e sendo tomados por uma agradável vertigem vermelha nas faces. Sentiam que do corpo se evaporavam as umidades, os mofos da noite e do inverno, e que os membros se distendiam num despertar de crianças a meio da manhã.

Voltaram ao centro da cidade quando a tarde já ia avançada. No caminho de casa, cruzaram com um homenzinho sorridente que vendia bugigangas na calçada. Haviam cruzado com ele já várias vezes e em todas, mesmo sob chuva e vento frios, receberam o mesmo sorriso cândido e desarmado do velho, uma figura que facilmente qualquer pessoa vincularia a um desses avozinhos bondosos que só existem nas histórias infantis, nos sonhos ou na memória deformada pela carência e a nostalgia. Resolveram parar e saber o que o velho vendia. Eram pentes, caixas de fósforos, envelopes e uns bonequinhos vestidos de verde que ele mostrava com orgulho, dizendo ter sido ele próprio quem fabricara. Eram bugigangas completamente inúteis, até o momento em que se fica parado diante do fogão a maldizer-se por ter esquecido de comprar fósforos no supermercado, ou com a carta pronta e os selos comprados, à espera de um inexistente envelope. O Homenzinho Sorridente Que Vendia Bugigangas na Calçada estendeu um bonequinho para ela, que sorriu e recusou, agradecendo. O homenzinho insistiu, dizendo que era para celebrar o encontro, quando ele se desse.

Claro que ela ficou surpresa, mas não se fez de rogada e perguntou:

E quando se dará o encontro?

Como é que eu posso saber, minha senhora?, respondeu o Homenzinho Sorridente Que Vendia Bugigangas na Calçada, não é de mim que depende o encontro, se fosse assim seria muito fácil.

Ela não disse nada. Olhou para o homenzinho e, séria, para o companheiro, que também a olhava.

Resolveram, em cima da hora, que não iriam ao café encontrar a Velha Que Se Dizia Cantora. Voltaram para casa quando o sol já entrava. Deitaram-se sem jantar e dormiram profundamente.

No outro dia, cedo, foram à Casa saber mais detalhes sobre o encontro. Chegam e veem a porta aberta e ninguém à entrada. Ingressam num pequeno hall com piso de pedra, descem uns poucos degraus e deparam com um jovem sentado a uma mesa baixa de madeira. O jovem tem um ar de espanto no olhar, atrapalha-se com os papéis sobre a mesa, tenta levantar, mas bate com os joelhos no tampo da mesa, volta a sentar e pergunta o que eles desejam.

Eles falam a respeito do encontro, que têm um encontro marcado, que estão na cidade para isso e que precisam se despachar logo. O Jovem Com Olhar de Espanto os ouve e assente com a cabeça, sem nunca perder o aspecto de quem vê uma assombração, mas por fim diz que o encontro não se dará durante aquela semana e que lamenta muito, mas que eles terão de retornar na semana seguinte.

Eles se olham, percebem-se cansados um no olhar do outro, ainda deitam mais um olhar pela sala, as paredes limpas, o teto de madeira, uma língua de sol entrando pela janela. Agradecem ao Jovem Com Olhar de Espanto, dão-lhe as costas e vão embora.

Caminharam em silêncio, um silêncio que envolvia decepção, alguma impaciência e muito desânimo. Caminharam sem saber exatamente para onde iam, caminharam por caminhar, até que dobraram uma esquina e entraram por uma rua que terminava, ao longe, na muralha.

Todos os dias ele se levantava e saía para buscar o pão do café da manhã. Cruzava sempre com o Homenzinho Sorridente Que Vendia Bugigangas na Calçada, e este sempre lhe oferecia o boneco vestido de verde. Após o café, decidiram procurar a Velha Que Se Dizia Cantora, talvez ela pudesse de fato ajudá-los a ter o encontro mais rapidamente. Descreveram à Senhora Baixinha Que Falava Alto a Velha Que Se Dizia Cantora e perguntaram se ela conhecia uma mulher parecida, mas a Senhora Baixinha Que Falava Alto disse que não sabia, que havia muita gente que se dizia cantora mas que não conhecia a Velha Que Se Dizia Cantora. Continuou falando, e falando alto, que as pessoas se diziam muita coisa, que prometiam muito, que isso e aquilo, e de repente fez um ar de piedade, disse que ia à missa, e que rezaria para que o encontro se desse logo.

Eles saíram e foram ao café onde haviam encontrado a Velha Que Se Dizia Cantora. Ficaram por lá um longo tempo, mas a Velha Que Se Dizia Cantora não apareceu. À saída, enquanto pagavam os cafés, perguntaram ao dono se a Velha Que Se Dizia Cantora costumava vir ali com frequência e se tinha aparecido nos últimos dias. Sim, respondeu o dono à primeira pergunta, e não, à segunda, fazia alguns dias que ela sumira do café.

Na outra semana foram à Casa de novo. De novo os atende o Jovem Com Olhar de Espanto, mas dessa vez ele os encaminha a sua superiora hierárquica, uma mulher de meia-idade e com ar distraído. Ela os recebe numa pequena sala depois daquela onde fica o Jovem Com Olhar de Espanto. Está sentada à mesa, com uma folha em branco à frente, onde rabisca alguns desenhos ininteligíveis. Não se ergue e somente quando eles falam no encontro é que a mulher dá sinais de que de fato os escuta.

Infelizmente estamos impossibilitados nesta semana, diz a Mulher de Meia-Idade e Ar Distraído, o encontro não se dará nos próximos dias, com certeza.

Eles não dizem nada. E a mulher fica olhando-os como se não os visse, com um sorriso imóvel. Saem sem se despedir. A Mulher de Meia-Idade e Ar Distraído permanece sorrindo, abstraída.

Passaram-se vários dias, vários dias de chuva constante, frio e céu escuro. Apetecia-lhes uma bebida quente, eram seis da tarde e resolveram procurar algum lugar que fosse aconchegante e simpático e onde pudessem beber descansadamente algo que os aquecesse. Andaram pela cidade inteira e passaram por vários cafés, mas todos estavam fechados. Olhando para o lado ao cruzarem as esquinas, ele reparou — mas não quis dizer nada a ela — que ao fundo, em todos os cruzamentos, avistava sempre o corpo negro das muralhas. Achou curioso que antes não as visse, ou somente as visse desde pontos isolados. Agora elas estavam tão ali, as muralhas.

Naquele dia, ele acordou com a ideia fixa de obter uma resposta concreta a respeito do encontro. Levantou-se cedo, foi buscar o pão e nem notou que o Homenzinho Sorridente Que Vendia Bugigangas na Calçada não estava ali, na calçada, a oferecer-lhe o boneco. Após o café, saíram pisando firme em direção à Casa. Erraram o caminho, o que já era normal, e por duas vezes entraram em ruas de onde foram obrigados a voltar, pois ao fundo, bem ao fundo, estava a muralha. Finalmente acharam a Casa, mas ela estava fechada. Como da primeira vez, sentaram-se num banco no largo em frente. Foi nesse momento que ela chorou.

Um choro miúdo, íntimo e silencioso. Ele não disse nada, mas também chorou por dentro, sem saber. De volta à casa da Senhora Baixinha Que Falava Alto, estranharam que ela não estivesse, pois sempre, à tardinha, ao regressarem, encontravam-na coberta por um xale e sentada diante da televisão. A casa estava às escuras. Subiram para o quarto e somente desceram para jantar muito tempo depois. Nunca mais viram a Senhora Baixinha Que Falava Alto. Continuaram a sair todos os dias pela manhã, voltavam quase à noite e não mais a encontraram.

Foram, como tantas vezes, à Casa saber notícias do encontro. Na última delas, encontraram o largo e o banco onde tantas vezes haviam se sentado, mas na esquina onde ficava a Casa, viram apenas um descampado vazio. E ao fundo, não muito ao fundo, a pedra velha e fria da muralha. Abraçaram-se diante da ausência da Casa, e talvez ali tenham percebido alguma coisa, alguma coisa de definitivo. Ele a apertou contra o peito e sentiu uma necessidade absurda de dizer-lhe palavras ao ouvido, uma frase, alguma coisa. Mas calou-se, como derrotado, com a voz pesada afundando dentro de si. Ela chorou, dessa vez sem nenhum pudor, chorou quase com histeria, num abandono de forças. Depois foram para casa em silêncio, e seus passos ecoavam pela cidade que parecia esvaziada — somente o som dos sapatos sobre a pedra e seu eco ricocheteando nas paredes, nas pedras das paredes, e se perdendo no fundo das ruas.

No dia seguinte, como de costume, como se fosse o primeiro dia, ele foi buscar o pão. A cidade estava mais vazia do que nunca. Não encontrou a padaria, não encontrou ninguém nas ruas. Andou muito e em todas as ruas por onde se enfiou deu sempre com a sombra da muralha. Entrou e saiu de várias ruelas, mas não encontrou o caminho de volta. Continuou por muito tempo a andar pela cidade e seria já o meio da tarde quando, exausto, pensou no encontro e percebeu que intimamente já havia perdido a esperança de realizá-lo. Correu, meteu-se na primeira rua que encontrou e deu de frente com a muralha quase no seu nariz. Chegou a pensar em voltar, mas desistiu e deixou-se ficar. Apoiou as costas na pedra da muralha e deixou-se escorregar até o chão. Tinha um pouco de frio e sabia que àquela hora, já perto do anoitecer, ela provavelmente também andaria às voltas e sentiria frio. Andaria sem rumo e talvez, como ele, já nem mais pensasse no encontro. Andaria sem rumo e muito cansada, perdida em qualquer ponto desconhecido da cidade, andaria longe ou, quem sabe, estaria ali mesmo do outro lado, apalpando a mesma muralha que agora lhe esfriava as costas, quem sabe ela estivesse ali chorando baixinho, talvez já resignada mas chorando baixinho com as mãos espalmadas na muralha, sentindo frio e com o rosto colado contra a pedra da muralha.

Correria

Me ardia o flanco, uma dor fininha me rasgando a cada puxada do ar. Já nem mais sentia as pernas, mas seguia correndo e achava que ia morrer. "Vou morrer, Zezinho, preciso parar", eu disse, sem olhar para o lado, porque só o que eu enxergava era uma coisa sem fim à minha frente. "Vai morrer nada, deixa de besteira e te concentra na corrida", a voz do Zezinho vinha desde bem perto, mas eu não notava cansaço nela, nem mesmo o ritmo das passadas, aquele entrecortado da voz quando se fala correndo. Não quis pensar no quanto ainda me faltava porque só iria piorar as coisas. Por isso me deu raiva quando ouvi o Zezinho dizendo "não pensa no que falta que é pior". Eu ia dizer "vai à merda, Zezinho", mas me sentia tão cansado que acabei desistindo de abrir a boca, apenas pensei "estou fodido e vou morrer estrebuchando". "Vamos lá, campeão!", era a voz alegre do gordo Soares, que me chegava pelo outro lado. Nunca gostei daquele gordo e ainda senti mais asco dele ao ouvir sua voz descansada e jovial. Eu jurava que ele já tinha ficado havia muito pelo caminho, afogado nas suas banhas nojentas, mas ali estava o desgraçado: "Vamos lá, campeão!". Fui buscar forças onde não tinha e acho que consegui acelerar minha marcha. O gordo Soares deve ter pensado que foi o incentivo dele, e isso me deixou ainda mais puto. O que eu queria mesmo era deixá-lo para trás, deixá-lo longe dos meus ouvidos, de preferência estatelado no chão e com um metro de língua pra fora. Eu sentia meu coração inchando, se deformando todo, e sabia que aquilo não ia acabar bem. Sentia muito bem que enquanto ele se esgarçava, as veiazinhas que o recobriam iam rebentando uma a uma. Sabia que em seguida o puto do meu coração ia estourar e ia ser uma merda. "É isso aí, campeão!", eu não podia acreditar, mas era a voz do corno do gordo Soares ainda mais próxima de mim, "olha só a vibração do pessoal", ele dizia, quando ao longe já se via a trilha afunilando e as crianças, os pais, os avós, os tios, os filhos da puta todos, famílias inteiras de filhos da puta agitando bandeirinhas e batendo palmas, dizendo "vamos lá!". Eu já não conseguia fechar a boca e devia ter um aspecto de cachorro. Não sei por que me lembrei de um cachorro, mas eu devia estar parecido com um daqueles sarnentos. Eu puxava o ar e ele entrava me queimando, sentia os pulmões espremidos como um cacho de uvas doentes. Alguma coisa quente me descia pelo queixo, eu levei a mão e disse: "Porra, Zezinho, estou babando sangue". "Não dá bola e segue, porra", disse outra voz, que não reconheci. Em seguida vieram outras e outras, muitas vozes que encheram os meus ouvidos: "Vamo lá, porra!". Ainda cheguei a dizer "fodam-se! Não aguento mais essa merda! Fodam-se vocês porque eu é que não vou continuar com isto!", mas acho que ninguém ouviu porque todo mundo berrava "vamo lá", e nem eu mesmo consegui ouvir o que respondia pra eles porque meus ouvidos estavam cheios daquelas vozes dizendo "vamo lá, vamo lá!", como se todos estivessem dentro da minha cabeça e gritando "vamo lá, vamo lá!". Vi que já não havia mais jeito pra mim. Comecei a acelerar, queria me arrebentar o quanto antes, cair ali mortinho, com as veias inchadas, os olhos saltando. E à medida que eu acelerava, o pessoal ia à loucura: "É isso aí! Toca ficha, campeão! Senta a bota!". Mas eu não estava nem aí, agora eu ia era me arrebentar. Sentia que corria como nunca, imaginava o sangue que me saía do nariz indo respingar lá atrás, na cara do gordo Soares. "Vamos lá, campeão!" "Campeão, o caralho", eu pensava. E as pessoas se amontoavam junto ao cordão de isolamento e se espichavam sobre o ombro dos seguranças para me tocar. Eu pensava: "É agora que estrebucho". E o Zezinho: "Estrebucha nada". E as pessoas espalmavam as mãos para que eu as cumprimentasse e eu tinha vontade de arrancar-lhes os dedos a dentadas. Elas me davam tapinhas nas costas quando eu cruzava, gritavam "é isso aí! Segue firme! Vamos lá!". E eu disse pra mim mesmo "é agora", e acelerei ainda mais. Que me jorrasse sangue pelos ouvidos, pela boca, pelos olhos, que me jorrasse sangue pelo cu, tudo o que eu queria era estourar de vez e acabar com aquela merda. Finalmente, tropecei. E já estava desabando no chão quando me seguraram pelo braço e me botaram de pé de novo e me empurraram e até me chutaram a bunda, quando eu já estava correndo outra vez. "Quem foi o filho da puta, Zezinho?", eu disse, tentando virar o corpo para trás e encarar o bostão que me chutara. Mas senti a mão pesada do Zezinho nas minhas costas, e sua voz: "Não inventa desculpa pra parar, não, segue em frente, meu, segue botando". "Mas eu não aguento", pensei, "e ainda por cima me chutam a bunda." "Até o gordo Soares aguenta, seu maricão", disse o Zezinho. E depois, como se falasse consigo: "Só te chutando a bunda, mesmo".

Espera

    Ela canta. Mas nem parece que está logo ali, atrás daquela parede. Sua voz está sempre tão longe. Já aprendi a identificar cada passo do seu ritual. Agora ela está nua porque há pouco a ouvi naquele movimento de erguer a camisola pela barra e puxá-la por cima da cabeça. É um pequeno instante em que ela interrompe a canção, o tempo suficiente para que o colarinho cruze por sua boca e por seus olhos, que sempre se fecham nesse momento. Então ouço o ruído surdo que faz o tecido da camisola quando ela é jogada ao chão, amontoando-se ao pé da porta e cheia do calor do seu corpo. Cubro o rosto com o lençol e sei que o cheiro da sua repentina nudez já se espalhou pelo ar do banheiro. Livre da roupa, ela volta a cantarolar, e a melodia me remete à sensação de distância. Fico sem saber se a sua voz está de fato distante ou se é ela que está cantando a própria distância.
    Viro de lado na cama, viro para o seu lado na cama e percebo que tenho de esquentá-lo outra vez. Quero evitar que ela se aborreça ao encontrar os lençóis frios e volte ao banheiro, ensimes-

mada, talvez pensando em nunca mais vir. Ponho-me encolhido como um ovo sobre o lado da cama que é dela e deixo aos membros a resolução de se distenderem à medida que meu calor se propaga por aquele território, me distraio imaginando que logo a sua pele estará tocando os mesmos lençóis que a minha toca agora.

    Agora. Agora ela está escovando os cabelos, enquanto a água enche a banheira. E canta, claro. É uma canção alemã, talvez uma canção de Brecht, mas não estou certo. Outras vezes escuto uma ária, mas sempre, sempre muito longe. Todas as noites me pergunto por que sua voz está tão longe. Há momentos em que é impossível identificar a canção, ou saber se ela está mesmo cantando ou apenas cantarolando com sons da garganta. São esses os momentos em que fico mais atento e desperto. São esses os momentos que mais exigem do meu físico. Quase sempre sou obrigado a prestar tanta atenção que acabo adormecendo de cansaço. Quando acordo, sua voz vem misturada ao ruído da água na banheira. A água escorrendo na banheira quase cheia faz um ruído mais abafado, e sou capaz de distinguir o instante exato em que a espuma começa a verter sobre a borda. É quando ela larga a escova sobre a pia e vem fechar a torneira. Depois vai de novo para a frente do espelho e continua a escovar os cabelos. Sem o som da água escorrendo, posso ouvir a escova deslizar por toda a extensão dos fios dos seus cabelos. Ela os escova demoradamente, enquanto canta. E eu espero. Fecho os olhos e sinto com nitidez o cheiro do banho dela. Sinto que o vapor do banheiro vem passando pela fresta embaixo da porta para embaçar os vidros da minha janela. Vou esperar que eles fiquem bastante embaçados e escrever o seu nome, enquanto ela não vem.

    Repentinamente estendo o braço para o lado da cama, numa expectativa inútil. Na certa sonhei que ela tinha vindo. São sonhos rápidos que tenho, alguns minutos, talvez segundos, em que adormeço antes de voltar a acordar e ouvir sua canção. Me esforço para não dormir profundamente, sei que ela pode vir enquanto eu estiver dormindo e partir antes que eu desperte. Vou dormindo aos bocadinhos, mas sempre minha primeira reação ao acordar é erguer-me e ir até a porta do banheiro para chamá-la. É quando me dou conta de que não disponho mais de forças para isso. Já sonhei várias vezes que estava batendo à porta e perguntando se estava tudo bem, se ela já terminava o banho. Mas sempre acordo abraçado pelos lençóis. Talvez seja essa espera excessiva que me deixa doente. Sim, percebo muito bem a doença latejando dentro de mim como um bicho vivo, que me suga as forças e deixa meu corpo prostrado, com a sensação de que só a cabeça continua funcionando. Tem vezes que eu acho que sou só um pensamento.

Enquanto espero, fico olhando para o teto. Vejo também uma boa parte da parede em frente à minha cama e a parte superior da porta do banheiro. Às vezes apago a lâmpada do meu abajur para ver as nesgas de luz que cruzam pelas frestas da porta e se estendem como dedos longos e magros pelo teto. Mas logo acendo outra vez a luz, para ela não pensar que adormeci. Tenho notado que o reboco do teto começou a trincar e em algumas partes já está descascando. Lembro muito bem de quando ele ainda era liso como uma lâmina de vidro. Fico olhando para as pequeninas veias no reboco e escutando ela cantarolar uma canção triste. Nessas horas, juro que tenho vontade de não escutá-la. Chego mesmo a tapar os ouvidos, mas é aí que percebo que não a escuto pelos ouvidos. Sua voz e sua canção entram em mim de um outro jeito que não consigo precisar qual é. Mas sem dúvida é o que me mantém vivo. Acho que no dia em que ela parar de cantar eu cometo uma loucura, não sei.

Uma vez sonhei que não a escutava mais, que ela havia cessado de cantar porque o banheiro estava em chamas. Sonhei que eu arrombava a porta e a trazia até minha cama, mas ela estava morta. Deitei a cabeça sobre seus seios e fui tomado por uma tristeza que nunca sentira na vida, sonhando ou acordado. Sempre achei que um dia eu a livraria de um risco de vida, mas acabei falhando. Na sequência desse sonho, deitado sobre o peito dela, aos poucos comecei a escutar, muito leve, muito fraco, o ritmo do seu coração. Ergui o rosto e a vi sorrindo para mim. Ela passou a mão nos meus cabelos, no meu rosto, e continuou sorrindo para mim. É inútil tentar descrever o que senti naquele sonho. Ainda bem que consigo sonhar.

Agora ela está se secando. Como é nítido esse puxar da toalha, esse pequeno ruído do tecido deslizando no metal do cabide. Depois, no silêncio dos movimentos seguintes, é apenas o som muito mais deduzido do que perceptível da toalha abraçando seu corpo, enxugando as axilas e as virilhas. Sei perfeitamente quando ela enxuga os pés, porque a canção é sempre a mesma. Ela não chega a cantar a letra, mas entoa a música com a boca fechada, como se embalasse um filho. Fecho os olhos e a vejo com um pé apoiado na borda da banheira, o cabelo escuro caído por sobre um dos ombros e quase roçando o joelho dobrado. Vejo os seios pequenos e muito brancos, pendidos, que se agitam conforme o movimento que ela faz com os braços para secar em torno do calcanhar, depois entre os dedos e, por fim, virando um pouco o pé para dentro, num movimento que a obriga a afastar a coxa para o lado, ela seca a planta do pé, demoradamente, numa carícia lenta e várias vezes repetida. Depois ela se põe ereta outra vez e leva a mão à nuca, inclinando suavemente a cabeça para trás e afastando os cabelos que se colam, molhados como estão, em suas espáduas. Mas é por pouco tempo que a vejo assim, retilínea, somente enquanto seca os braços estendidos para a frente. Porque logo ela desce outra vez a toalha pelo torso e faz, aí sim, esse movimento que é só dela: afasta um pouco a perna direita, dobrando o pé de forma que somente a ponta fique apoiada no piso; sua coluna faz um arco como o de um gato que se espreguiça, e sua cabeça se inclina para baixo e seu cabelo lhe cobre o rosto e é como se ela procurasse alguma coisa além da linha do umbigo; é só então que a toalha vai descer completamente, e enxugar as últimas gotas de banho que se esconderam no seu corpo.

    Gosto de dormir com essa imagem. Faço força para dormir nesse instante, enquanto espero. Sei que não consigo fazer mais nada além de esperar. Às vezes, acho que tenho o tempo de três deuses para isso. Ainda assim, não controlo a ansiedade. Adormeço e acordo tantas vezes e tão rapidamente que a noção do tempo se esvai. Apenas a canção dela é contínua, no sonho e na vigília: é ela o meu tempo. Há pouco acordei. Acordei com a minha própria voz.

    — Você não vem? — eu gritara.

    E aquele grito me exigiu tanto, requereu tamanho esforço, que me deixou completamente extenuado. Logo adormeci outra vez.

    E sonhei que gritava "você não vem?", e que ela respondia em forma de canção, uma canção que não consegui identificar porque estava longe demais.

Para salvar Beth

"É um trabalho simples", ele disse, "é só levar o cachorrinho lá e ficar esperando."
"Mas você nunca gostou de cachorro, Gil, lembra aquela vez que eu ganhei um filhote da Cris, quer dizer, da cadela da Cris?" Ela riu. Ele entendeu por que ela ria, mas continuou sério. Ela: "Você disse que se o cão entrasse por uma porta você saía pela outra."
Ela falava enquanto se penteava, apressadamente, e ia deixando escovas, passadores, prendedores de cabelo, uma parafernália sem fim de objetos espalhados entre a pia do banheiro e a cama do casal. Ele estava deitado, as mãos cruzadas sob a nuca.
"É só por umas semanas, enquanto a mulher estiver fora", ele disse.
"Tenho de ir", ela veio até o marido e beijou-lhe os lábios, de leve, para não ter de retocar o batom.
Era um trabalho e ele estava precisando pegar qualquer coisa; não tinha muita escolha, tudo havia de fato se complicado, e ali estava um trabalho, principalmente isso: ali estava

um trabalho que faria entrar algum. Ia dizer isso à mulher, mas Soninha já batia a porta, sempre voando, sempre com pressa e atrasada para tudo. Um dia desses, ele pensou, chamariam a atenção dela no serviço.

Espichou-se na diagonal da cama, era a única maneira de seus pés não encostarem na guarda. Um prendedor de cabelo escorregou e caiu para o chão. Olhou em torno, para o quarto todo desarrumado: um bom retrato do que vinha passando. De uns tempos para cá a sua vida parecia ter entrado na descendente, em todos os sentidos. Estava sem emprego fixo havia mais de um ano, ou seja, estava sem dinheiro havia mais de um ano. As contas se acumulavam, tiveram de mudar-se para aquela kitchenette minúscula e malcuidada, e as coisas entre ele e a mulher decididamente já tinham sido melhores.

Ele levantou, vestiu-se e saiu para a entrevista com a dona do cachorro.

"O senhor só tem que vir aqui todo dia às dez, apanhar a Beth e levá-la à Pet-shop para as sessões." A sra. Afonso era uma mulher um pouco mais velha do que ele, bem-vestida, e que lhe pareceu um pouco ansiosa. A cada instante olhava para o marido, sentado na outra ponta do sofá e lendo o jornal.

"É importante que o tratamento não seja interrompido...", disse, e fixou-se num cinzeiro sobre a mesinha de centro, sem terminar a frase.

"A Beth está doente", atalhou o marido, ainda concentrado no jornal. "Mas nós confiamos no resultado do tratamento."

"O senhor apanha a Beth com a Cremilda, que vai ficar tomando conta da casa, leva-a até a Pet-shop e depois a traz de volta e entrega outra vez para a Cremilda. Alguma pergunta?", a mulher retornava do seu ligeiro transe.

"É muito simples", reforçou o marido. "Mas se você tiver alguma dúvida, é melhor perguntar agora."

No dia seguinte, às dez horas, ele já estava a caminho da Pet-shop carregando a Beth no colo. Beth era uma cadelinha de pelo castanho e pouco mais de dois palmos, de uma dessas raças que qualquer pessoa minimamente interessada em cachorros saberia identificar. Ele não sabia. Tampouco procurou saber.

A Pet-shop ficava numa antiga casa residencial que fora adaptada à nova função. Apesar de também vender produtos para outros animais, a loja era voltada especialmente para cães. Estava dividida em duas partes: a loja propriamente dita, onde vários artigos, desde cortadores de unhas até máquinas de tosar e xampus e cremes, abundavam em mostradores espalhados por um show-room montado no saguão da entrada; e a outra parte, a do atendimento aos "clientes", onde cachorros de todas as raças, tipos e tamanhos enfrentavam banhos, tosas, massagens etc. Apenas uma funcionária, uma moça de estatura média, bem formada de corpo e de cabelos escuros, cuidava de tudo o que exigisse contato com o público. Corria da loja até os cães, de um setor para outro, sempre demonstrando muita eficiência. Ele imaginou que haveria mais funcionários lá dentro, especialmente para tratar dos banhos e de todo o resto. Ainda com a Beth no colo, foi encaminhado para uma espécie de sala de espera.

"Vou preparar tudo e em seguida venho buscá-la", disse a funcionária.

A sala era um pouco escura. Havia apenas uma cadeira e inúmeros brinquedos para cachorros espalhados pelo chão: ossos de plástico, bolas de borracha e até uma casinha de madeira, dessas que se veem nos quintais das casas em desenhos animados. Havia também um colchonete estendido no meio da sala. Foi só nesse momento que ele se deu conta de que, desde que apanhara Beth em casa, ainda não a pousara no chão. A cadelinha tremia no seu colo. Passou a mão na cabeça de Beth e ela lhe lançou um olhar terrivelmente triste. Em poucos minutos a moça entrou na sala.

"Vamos, Beth?" Apanhou a cadela dos braços dele, Beth soltou um ganido fino. Ele sentiu as mãos muito vazias e não soube o que fazer com elas. Cruzou e descruzou os braços, sorriu amarelo. Antes de fechar a porta, a moça voltou-se.

"Se quiser usar o colchonete, esteja à vontade."

Foi um longo tempo de espera. Mexeu nos brinquedos, pegou-os, um por um, observou-os, trocou-os de lugar. Sentou na cadeira, olhou para o teto, levantou, sentou novamente. Fez isso repetidas vezes, por fim deitou no colchonete e dormiu. Quando acordou, sentia os olhos inchados. Ergueu-se e fez quatro ou cinco flexões rápidas das pernas, para desentorpecê-las.

A moça entrou, Beth vinha atrás. Ele se abaixou e Beth saltou nos seus braços. Parecia mais calma.

À noite, depois do jantar, enquanto ele cuidava da louça suja, a mulher se aproximou:

"É verdade, Gil, já ia me esquecendo, como foi a história com o cachorrinho?"

"Ah, sim... É aquilo que eu te disse, uma coisa muito simples, o bichinho tá doente e vem fazendo um tratamento. É só levar na Pet-shop. Aliás, o que tem de coisa que um cachorro pode fazer numa loja dessas, você não faz ideia."

"O que é que ele tem?"

"Ele quem?"

"O cachorro, ora."

"Ah, é ela, é uma cachorrinha. Ela tá doente, tá bem doente, a coitada, mas acho que vai se salvar."

Soninha estava cansada e não demoraram a ir para a cama.

No dia seguinte, a funcionária da Pet-shop apanhou a Beth ali mesmo no saguão da loja e a levou para dentro. Depois o encaminhou, sozinho, para a sala de espera.

Ele deitou no colchonete. Não demorou a adormecer, mas acordou em seguida, com a impressão de ter ouvido latidos do outro lado da porta. Em casa tinha pensado em trazer um livro para passar o tempo, mas se esquecera de apanhá-lo à saída. Mexeu nos brinquedos, pegou a bola de borracha e começou a jogá-la contra a parede. Ouviu outra vez os latidos, fortes e sonoros. Não eram latidos de um cachorro como Beth; na verdade, eram latidos de vários cães. Aproximou-se da porta, os latidos cessaram.

Ele estava naquele jogo de paredão outra vez, quando a moça entrou trazendo a Beth. A cadelinha ficou visivelmente alegre quando o enxergou, e aquilo lhe trouxe a sensação de que, embora sem grandes responsabilidades, seu trabalho não era tão fora de propósito como chegara a pensar no início. Beth parecia bem-disposta.

"Ela está indo bem", disse a moça, acarinhando o pescoço de Beth.

"A Beth tá se saindo muito bem", ele disse.

"O quê?", Soninha se desfazia das roupas do trabalho e, num instante, já estava apenas de calcinha e sutiã. Olhava-se ao espelho. Virou-se de perfil e girou levemente o rosto sobre o ombro para ver melhor a silhueta. Foi aí que encontrou o olhar do marido. Ele estava deitado, com as costas escoradas na cabeceira da cama, e olhava o corpo da mulher através do espelho. Ela deu um sorriso, ele retribuiu.

"Vem cá", ele disse.

Ela se aproximou, ajoelhando-se no meio da cama. O cheiro do corpo recém-despido da mulher era sempre uma coisa que o comovia profundamente, que o remetia a uma sensação de intimidade jamais experimentada com nenhuma outra pessoa. Pensou em dizer-lhe isso, mas preferiu fechar os olhos e entregar-se inteiramente ao cheiro do corpo dela. Deitou a cabeça sobre as coxas da mulher, sentindo o calor de sua pele na face, e a beijou na barriga. Ela segurava a cabeça dele com as duas mãos.

"A Beth vai se salvar", ele disse, sem descolar o rosto do ventre de Soninha.

No outro dia, ele ouviu novamente muitos latidos enquanto aguardava na sala de espera. Pareceram até mais insistentes. Quando a funcionária entrou na sala, ele não soube precisar se teria cochilado ou não. A primeira coisa que notou foi que Beth não vinha junto, só depois percebeu que a moça tinha as mangas da camisa arregaçadas e as faces vermelhas. Os cabelos pareciam um pouco amarfanhados.

"Vamos fazer uma sessão mais longa hoje, mas não se preocupe, a Beth está muito bem. Só vim avisá-lo de que vamos demorar um pouco mais."

A moça notou que ele olhava com insistência para os seus cabelos. Tentou ajeitá-los com a mão. Ele desviou os olhos. Já quando fechava a porta, ela disse:

"Eles estão terríveis, hoje."

Ele pensou em perguntar a quem ela se referia, mas pareceu óbvio que era aos outros cachorros, que não paravam de latir em algum lugar da Pet-shop que ele não conseguia identificar. A porta foi fechada e ele continuou ouvindo os latidos. Depois dormiu, e só acordou pouco antes de a moça retornar com a Beth. Tinha a impressão de ter dormido bastante tempo, o que se confirmou quando saiu à rua. Era noite e fazia um pouco de frio.

Deixou Beth em casa e seguiu rápido para a sua; imaginava que Soninha devia estar preocupada com a demora. Por isso surpreendeu-se quando a viu sentada calmamente na frente da televisão, comendo um sanduíche. Estava ainda com as roupas do trabalho.

"Eles prolongaram a sessão de hoje, não sei bem por quê, mas foi uma sessão muito longa."

"Eu também me demorei", ela disse. "Cheguei há pouco."

Ele se sentou ao lado dela, ficou olhando a TV sem prestar atenção no que passava na tela, o volume quase no mínimo. Ela comia, ele olhava um vazio.

"Fui beber alguma coisa com o pessoal lá do serviço", ela disse, após alguns minutos. "Cheguei há pouco."

Novo silêncio. Ela terminou o sanduíche e foi até o banheiro. O celular tocou dentro da sua bolsa, ela veio correndo e retornou ao banheiro com o telefone, enquanto atendia. Quando saiu, já vestia a roupa de dormir. Sentou-se ao lado dele outra vez. Ele esperava que ela dissesse alguma coisa mais. Sentia-se meio oco, cansado, como no fim de um dia modorrento, desses em que a modorra lentamente prepara uma grossa chuvarada.

"Amanhã não vou trabalhar", ela disse. "Talvez pudesse ir com você até a Pet-shop, pra fazer companhia. Se você quiser, claro."

"Acho uma boa ideia."

"Ela tá bem?"

"Quem?"

"A Beth."

"Tá, ela tá bem."

Estavam em silêncio mais uma vez. Na TV passava um filme em preto e branco. Havia legendas, mas ele não leu nenhuma.

"Também pensei que pudéssemos passar uns dias na praia, o que você acha?", ela pousou a mão sobre o joelho do marido. "Tenho alguns dias em haver no serviço. Poderíamos ir, depois que terminar essa história da Beth."

"Sim, é muito boa ideia."

"Acho que precisamos de uns dias assim, Gil."

"Sim, precisamos sim. Você tem razão."
"Você não vem se deitar?"
"Vou sim, tô bastante cansado. E você precisa dormir também."
Ela passou a mão no cabelo do marido e foi deitar.

Foi ela quem carregou a Beth de casa até a Pet-shop. Beth pareceu gostar da nova acompanhante, muito mais brincalhona e falante do que ele. Soninha possuía afinidade com animais. Só não haviam tido um em casa porque ele sempre rejeitara a ideia.
Foram encaminhados à sala de espera. Depois que a moça fechou a porta levando Beth consigo, Soninha olhou em torno, para os brinquedos, as paredes, o colchonete. Olhou para o marido e soltou uma gargalhada.
"Você fica o tempo inteiro aqui, Gil?"
"Claro, onde é que ficaria?"
"Mas isso é um tanto engraçado, você não acha?", ela continuava rindo e andando pela sala. Vez por outra apanhava um brinquedo com a mão e o pousava em seguida.
"O que que é engraçado?"
"Ora, isso de ficar aqui o dia inteiro, esperando pela Beth. Isso é coisa de doido."
"É o meu trabalho, Soninha."
"Tudo bem, eu sei, é o seu trabalho..."
Ela caminhou pela sala, sacudiu a cabeça:
"Mas como você aguenta ficar aqui, Gil, encerrado o dia inteiro? Isso me poria maluca... Poria qualquer um maluco..."
Ela gargalhou outra vez. Ficaram em silêncio. Os latidos começaram.
"O que é isso?"
"Não é só a Beth que tem problemas, Soninha. Existem outros cachorros por aqui."

Ela foi até a porta, voltou, sentou-se na cadeira e depois disse, como se falasse consigo própria:

"Não gosto desses latidos."

Ficaram em silêncio. Ele se sentou no colchonete estendido no chão e logo após deitou-se.

"O quê?", disse ela. "Você vai deitar?"

"Sim, qual é o problema?"

Ela sacudiu a cabeça:

"Isso tudo é muito engraçado pra mim", e soltou outra gargalhada. "Desculpe, Gil, desculpe." Sacudiu a cabeça. "É uma situação estranhíssima. Desculpe." Riu outra vez. Ele riu também.

"Podemos jogar bola. Quer?", ele atirou a bola contra a parede e deu um salto para o lado para apanhá-la de volta.

Ela riu com mais vontade, depois ajoelhou-se ao lado dele, passou a mão no seu rosto, carinhosamente, e disse:

"Vamos jogar bola, meu menininho." Deu-lhe um beijo na testa e completou: "Às vezes você é tão menino, Gil".

Mal a moça abriu a porta, Beth saltou nos braços de Soninha, que lhe fez uma grande festa na cabeça e no pelo, falando com ela como quem fala com um bebê. Depois pousou a cadelinha no chão e ela correu pela sala, farejou várias vezes os cantos das paredes e os brinquedos espalhados. Beth estava muito alegre e bem-disposta, nem parecia uma cadelinha doente.

Por isso, não havia como não deixar de surpreender-se. Foi quase uma semana depois. A funcionária veio sozinha até a sala de espera. Gil pensou que ela vinha avisá-lo de que a sessão seria prolongada. Mas ela deu a notícia:

"Beth vai ficar aqui. É um momento crítico, um momento muito crítico, e resolvemos que não seria aconselhável ela voltar para casa. Aqui ela vai ser acompanhada durante as vinte e quatro horas do dia. Vai ser melhor. Não podemos descuidar agora."

Ele ficou sem saber o que dizer. E no silêncio que seguiu à fala da moça, cresceram os latidos dos cachorros. Olhou para a porta entreaberta. A moça deu um passo para trás e a fechou. Os latidos ficaram mais distantes.

"Já contatamos a senhora Afonso", prosseguiu a moça. "Inclusive ela está ao telefone agora e quer falar com você."

Foram ao saguão da Pet-shop. Ele apanhou o fone.

"Alô?"

Demoraram alguns instantes para responder. Ele percebeu que a pessoa fungava, era evidente que tentava se recompor de uma emoção.

"Sim. Senhor Gilberto?"

"Sim."

"Olhe, já falamos com a funcionária da Pet-shop. Sabemos que a Beth está bem e que a partir de agora será melhor ela ficar aí. O senhor está dispensado, portanto. Eu quero dizer que o senhor fez um excelente trabalho e eu e meu marido estamos mesmo muito satisfeitos. Nós lhe pagaremos inclusive os dias referentes à semana que vem, quando voltarmos, porque foi assim que combinamos... Só um momento..."

Ele ouviu que alguém falava ao lado dela, uma voz masculina.

"Ah, sim, o meu marido está mandando dizer que o senhor não precisa avisar a Cremilda porque nós vamos telefonar para ela agora mesmo... Hã?", falava outra vez com o marido. "Ah, sim, o meu marido também está dizendo que o senhor fez mesmo um belo trabalho. Estamos muito gratos, senhor Gilberto." Fez uma pausa e completou: "Nós temos certeza de que ela vai se salvar".

Já na rua, ele não lembrava o que tinha dito à senhora, se é que tinha dito alguma coisa. Queria correr para casa e contar tudo a Soninha.

Mas teve de esperar algum tempo porque ela demorou a chegar. Preparou um lanche, tentou comer, mas deixou pela metade. Tomou banho, estirou-se na cama e ficou esperando. Era já noite alta quando ela chegou. Tinha as faces avermelhadas, mas parecia descontraída, o que salientava ainda mais, por contraste, o estado de espírito em que ele se encontrava. Toda aquela demora só tinha servido para aumentar sua ansiedade. Ela não disse onde nem com quem estivera. Tampouco ele perguntou. Precisava era contar-lhe o que tinha se passado na Pet-shop. E assim fez. Contou tudo atabalhoadamente, pulando passagens, voltando atrás para repor detalhes e dar uma ideia mais ou menos clara do que havia acontecido. Falava, e tinha a impressão de que quanto mais falava, mais tornava difícil a compreensão da sua fala. Estava tudo muito confuso. Já não sabia o que queria dizer.

Soninha ouvia-o do banheiro enquanto escovava o cabelo. Apanhou uma toalha seca no armário sob a pia, pendurou-a no cabide da parede e, num gesto rápido, ao cruzar em frente do espelho, ergueu o cabelo acima da cabeça, à maneira de um coque, e olhou o seu reflexo de perfil. Veio para o quarto.

"Mas não há nada a fazer, Gil."

"Eu sei disso, mas ainda não entendi, parecia que tudo estava indo tão bem... De repente, a moça vem e diz que a Beth vai ficar lá..."

"Sim, é estranho mesmo, mas..."

"Eu não tava preparado pra deixar de ir lá assim, de uma hora pra outra. Você compreende? Eu não tava preparado. Preciso saber como tudo vai correr com a Beth."

"Eu te entendo, Gil. É claro que te entendo. A gente acaba se apegando. É inevitável." Ela foi para o banheiro e começou a contar a história de uma amiga que comprara uns gatos e que depois tivera de se mudar, mas não tinha como levá-los e tampouco conseguia alguém que quisesse ficar com eles. Depois veio até a porta e perguntou se ele tinha visto a sua bolsa, ao mesmo tempo que a localizava com os olhos, sobre a cama. Virou as costas, encostou a porta, começou a cantarolar uma música e abriu o chuveiro.

Mas de alguma forma ele se sentia responsável pelo destino de Beth. Deixá-la na Pet-shop entregue aos cuidados dos funcionários era como eximir-se de uma grande responsabilidade. Mesmo que a sra. Afonso tivesse dito o que disse, ele sentia que alguma coisa ainda dependia dele.

Soninha saiu do banho, foi até a sua bolsa, remexeu lá dentro, conferiu rapidamente o celular, apanhou um livro e deitou-se para ler, a cabeça recostada sobre o travesseiro dobrado em duas partes. Ele continuava falando no assunto da Beth e andava pelo quarto, ia até o banheiro, voltava. Ela não conseguiu se concentrar na leitura. Pousou o livro sobre o peito.

"Você não pode fazer mais nada, Gil. Tudo o que estava ao seu alcance, você fez. Tem coisas que fogem da gente, do nosso controle." Ela falou e fixou o olhar nalgum ponto do teto, como se pensasse no que acabara de dizer e se perguntasse se era aquilo mesmo que queria ter dito. Continuou olhando para o teto; ele havia parado de caminhar, estava ao lado da cama, em pé.

"Ei", ela disse. "Vem cá."

Ele se sentou na borda da cama.

"Não fica assim. Também, isso não é o fim do mundo. Até parece que a Beth é a coisa mais importante que existe."

"Claro que não, mas..."

"Esta semana vou falar a respeito das minhas folgas, Gil."

"Ok."

"Acho que vai ser bom. Uns dias na praia, sair um pouco deste quartinho, disto tudo aqui. A gente precisa, Gil."

"Acho que sim. Se bem que estamos com pouco dinheiro. Aonde nós vamos, Soninha? E como, se não temos dinheiro pra nada?"

"Deita do meu lado, Gil. Por favor, deita aqui pertinho de mim", ela abraçou o marido e não disse mais nada. Fechou os olhos, parecia sentir um grande bem-estar. De fato, estavam bem assim, em silêncio, os corpos encostados um no outro, como se ainda fossem os mesmos namorados de alguns anos atrás, quando ficavam abraçados por horas inteiras sem dizerem-se nada e aquilo era o que bastava para se entenderem à perfeição. Ela pôs a mão sobre o peito dele e fungou, mordendo o lábio, como se na iminência de chorar. Aos poucos, porém, ele foi sentindo que diminuía a pressão dos dedos dela contra sua pele, que o corpo de Soninha ia relaxando, tornando-se frouxo e abandonado. Em pouco tempo, ela dormia.

Ele apagou a luz e tentou também dormir. No estado em que estava, porém, sabia que não era tarefa fácil. Virou-se várias vezes na cama, tentou pensar em outras coisas e, quando viu que não conseguiria mesmo dormir, acendeu a lâmpada de cabeceira. Um pouco depois, ela acordou.

"Desculpe", ele disse, "não queria te acordar."

"Tá pensando na Beth?", ela mantinha os olhos semicerrados.

"É."

"Se ao menos alguém pudesse dar uma notícia dela...", Soninha falou, ainda meio sonolenta, virando-se de bruços e abraçando o travesseiro.

"Ei...", ele saltou da cama e, num pulo, estava no meio do quarto, em pé. Agora lembrava. Lembrava muito bem que a funcionária tinha dito que a Beth seria acompanhada vinte e quatro horas por dia. Certamente havia algum funcionário de plantão na Pet-shop. Claro, era certo que haveria alguém de plantão no raio daquela Pet-shop. Como não havia pensado naquilo antes? Correu para o telefone, mas quando pôs a mão sobre o auscultador lembrou-se de que não tinha o número de lá. "Merda!" Levantou outra vez, coçou a cabeça. Andou pelo quarto.

"Acho que vou até a Pet-shop, Soninha. Não tenho o número do telefone. Mas você tem toda a razão: alguém lá dentro tem que me dar notícias da Beth."

Ela se sentou na cama, agora definitivamente acordada. Escorou-se na cabeceira. Olhou o relógio, era bastante tarde.

"Se você vai se sentir mais aliviado assim..."

"Acho que sim."

Vestiu-se rapidamente. A mulher apanhara novamente o livro, que estava sobre o criado-mudo, mas permanecia com ele fechado sobre as pernas. De repente, Gil voltou-se para a mulher, como se ela tivesse falado alguma coisa muito importante. Contornou a cama e parou ao seu lado:

"Talvez você queira ir junto, Soninha?" Olhava para ela, que passava a ponta do dedo sobre a lombada do livro. "Você acha que devemos ir juntos?"

Ela abriu o livro aleatoriamente, folheou-o, tornou a fechá-lo. Segurou a mão do marido.

"Não sei se devemos ir juntos, Gil." Baixou a cabeça e repetiu, como se falasse para si própria: "Não sei se devemos ir juntos".

"É, talvez seja melhor... Eu vou lá."

A Pet-shop estava totalmente às escuras, apenas o letreiro de néon na parte superior da fachada dava-lhe um pouco de luz. Ele subiu até o patamar da entrada principal, tocou a campainha, esperou, mas ninguém atendeu. Tocou outra vez, nada. Contornou a casa. A parte dos fundos estava ainda mais escura. Ficou com receio de ser surpreendido por algum cão vigia e, de súbito, se deu conta de que até mesmo aqueles latidos que ele sempre ouvia lá dentro agora estavam ausentes. Tudo em silêncio e no escuro. Voltou à entrada. Subiu outra vez os degraus que levavam à porta e, já sem esperança nenhuma, encostou o ombro à porta e a roçou com a ponta dos dedos, suavemente, como quem pede socorro baixinho.

1ª EDIÇÃO [2020] 3 reimpressões

ESTA OBRA FOI COMPOSTA PELA SPRESS EM ELECTRA E IMPRESSA
PELA GRÁFICA PAYM SOBRE PAPEL PÓLEN BOLD DA SUZANO S.A.
PARA A EDITORA SCHWARCZ EM SETEMBRO DE 2023

A marca FSC® é a garantia de que a madeira utilizada na fabricação do papel deste livro provém de florestas que foram gerenciadas de maneira ambientalmente correta, socialmente justa e economicamente viável, além de outras fontes de origem controlada.